掠过弹孔的风音

掠过弹孔的风音

东来 著

北方联合出版传媒(集团)股份有限公司
春风文艺出版社
·沈 阳·

图书在版编目（CIP）数据

掠过弹孔的风音 / 东来著. —沈阳：春风文艺出版社，2022.9（2023.8重印）
ISBN 978-7-5313-6293-7

Ⅰ. ①掠… Ⅱ. ①东… Ⅲ. ①诗集—中国—当代 Ⅳ. ①I227

中国版本图书馆CIP数据核字（2022）第135169号

北方联合出版传媒（集团）股份有限公司
春风文艺出版社出版发行
沈阳市和平区十一纬路25号　邮编：110003
永清县晔盛亚胶印有限公司印刷

责任编辑：姚宏越	责任校对：张华伟
封面设计：郝　强	幅面尺寸：150mm × 230mm
字　　数：200千字	印　　张：19.5
版　　次：2022年9月第1版	印　　次：2023年8月第2次
书　　号：ISBN 978-7-5313-6293-7	定　　价：68.00元

目　录

第一部分：蓬莱阁，真是这样静静的吗

第二部分：春天到了，

不要再谈死亡

第三部分：掠过弹孔的风音

第四部分：冬天，我不与人握手的

第一部分

蓬莱阁，真是这样静静的吗

十四岁的牧羊女

一个低头玩耍的女孩儿，无论如何
无法把她与黑山羊联系起来
向她打听薰衣草的去处
她手一指：前方十分钟的地方
不过，花已枯萎

花已枯萎，这句话让我心惊
分明是诗歌的语言嘛
我转向峭壁上的山羊
自言自语：山羊不会摔下来吧
她说：不会

山羊不会摔死。又让我吃了一惊
你怎么知道，难道……
是的，是我家的山羊
我环顾四周，并无一个大人
你自己在放羊？是的

十四岁的牧羊女，连续让我吃惊
（我是不是有点少见多怪）
你从多大开始放羊？

小学三年级，爸爸带领着……

在云南九乡偏僻的山沟里
一个十四岁的小女孩儿
黝黑的皮肤，瘦小的身躯
放牧着她家二十六只山羊

十四岁的牧羊女
谁知道她的过去和将来
当下，看到她山羊般坚忍的性格
看到她的肩膀
撑起了一片天空

2016.7.19

昆明映象

一片滚烫的鼓声将我的心敲出
让我与你的频率一起脉动

这七彩的脉动能砸碎任何思想
只有顺着你的轨迹行走
波浪一阵阵将我击倒

这是生活，这是宣示
在异乡土壤及山中岩缝的呐喊
让人无法区分生活与艺术的不同
去掉修饰，还原本真
也无法平息向我涌动的春潮
在它的冲击下我无法站立行走

根植于云南的红土欢歌
怎么才能在你醉人的酒里醒来
清洗一次次仓皇行走的魂灵

2016.7.19

去九乡洗洗灵魂

你是夹缝中生存的一条灵脉
见到你，总有诗潮在心中澎湃
山谷中怒吼，溶洞里悲鸣
一条被压抑了很久的神龙

走近你，谁在撩拨我
一颗英雄不死的心
祖国需要我，民族需要我
我在昏暗的地下冲撞、等待、潜游

无数地下暗河呀
日夜拍打母亲苍老的脊背
他要冲出自己的天地，见证
孤傲、狂奋、愤世嫉俗的心

九乡，洗涤灵魂的地方
胸中藏有千军万马
祖国呀，你需要赤子之心
我一旦燃烧，地壳、山峦
世界便会与我一起沸腾，连同这
狭窄的地缝，一起烧掉

2016.7.23

寺庙台阶上，散落的三角梅

只静静地散落，静静地
在雨中等我，寺院的台阶
一步一个世界，一步一个菩提
踏在上面，如同踩到
一个个向死而生的秋天

雨中的三角梅，死而不枯
艳如生前的样子
天生丽质，生前死后落在哪里
都有凛然不俗的气质
我蹲下身来
托花瓣于掌中

寺院的雨已经停歇，而你
随时可以跃起，诉说跌落的美
我是你今生要等的人，来生
就埋在你的树下
让骨灰开出鲜粉的色彩
不枉一世为诗的英名

2016.7.23

香山碧云寺的落叶

秋与冬，一定会来的
如我两鬓的微霜
吹过堂前的落叶
横扫过敏感多情的触角
一切，都变得需要温情

谁能留住这将死的季节
顽童们如满地奔跑嬉戏的落叶
谁在想，新生命的诞生
预示了必然的死
哪像这银杏树天长地久

繁乱的脚步让这个过往混乱不堪
似要预支一个过客毕生的储备
三炷香默默地举过头顶
神灵啊，莫让这个揪心的季节
过于脆弱和悲伤

2016.10.20

又见北纬40度线

就在那里，等着谁去跨越
迟疑了，还是那条
文化、神秘、裂变的线吗
踩着它如同踩到即将燃烧的油纸
陡起惊悸、忐忑

一直在思考这条线两边的不同
一条无形的线，一条有形的隔
将心分成两半
一半在人生的起点
一半在人生的边缘

北纬40度线
让我思忖良久，是跨过
还是不过，线的那端
站着一个让时间瞬时崩溃的
粉色亮点

2016.10.21

蓬莱阁，真是这样静静的吗

都说这是仙境，只因八仙来过
雾中穿行，总觉得眼前身后
仙雾飘飘，幻影重重
两片海在这里亲吻、相拥
激起的浪花，唤醒我青春的萌动

炮台上，哪个方向都能看到海
哪个方向都风平浪静
因为炮，或许已经锈死

不管装填多少炸药，只能
炸毁自己行将腐烂的躯体
不希望淬火的利刃，铁再多
能造几口锅，烫红舌尖上的味蕾
只知道美食的民族
火炮只能用来称重卖钱

别说先辈没有英雄
英雄辈出确是事实
海风，顶鼻孔吹了一个世纪
刘公岛的硝烟裹着雾霾

吹进我的脏腑，那个年代的硝烟
真有英雄气息。如今
我想，八国联军再度打来
沉睡的火炮能否再展雄风
射出胸膛积郁的屈辱与铁锈
还天地一片通透

缺少炮弹吗，只要祖国下令
我可以变成横扫雾霾的火药
随鲜血炸响需要淬火的堤岸

2017.1.1

结　香

谁认识它，三七花一样
静静地守在寂寞的枝头，我
有眼无珠，不识抗倭名将
身后千年留下的旷世奇葩

结香，惊诧它的顽强
腊月里，绿叶早随西风而去
只有它，无人怜惜地挂满庭院
曾经的主人是我的老乡，它
可否知道，千年之后一个诗人
前来看它，并有一腔无以言表的悲情

戚继光，借我点雄起的力量
软绵绵的花腔与无骨的欢歌
让我严重缺钙，我应该擂响战鼓
像你一样，重新升起中军大帐
将隆冬冻僵的干柴、枯瘦的锈骨
连同往日的羞辱，同历史一起烧掉

2017.1.1

泰山，一架永远攀登不完的天梯

二十年后，我仍是好汉
只是泰山已非当年
满山乱爬如蚁的人群
把峻峭山峰啃得不像样子
飘着酱油香气的茶炉
把泰山煮成熟透的茶蛋
晚辈纷纷享用大自然留下的遗产

能照相的地方都贴满了脸
全世界的眼睛都在五百万像素以上
照相的人一个个来，一代代走
甚至来不及保留底片

柱子还是天街的柱子
卖煎饼的翻新了一茬又一茬
不积德的人
也在拼命地烧香磕头，似要
赎永远赎不完的罪
磕了头，又去损人利己了
干坏事也让菩萨保佑

登山就登山，扯没用的干啥
登山还是不错的，起码山顶上
没有雾霾，在那里可以看清人的脸
偶尔也会照亮自己的心

2017.1.3

先师手植桧

于先师手植桧处，把历史
细细地端详了一下
孔子在时，树没有这样高
没有这么多皱纹和青瘀
人可以置万物于死地，可是
比不上万物长寿，哪怕一支竹简

这是桧柏吧，我不懂植物
如不懂我的生命、我的文化
好的东西当代不一定接受
好的东西一定能传承千古
这个悖论，让孔子永远活在当下
不管你是否同意
他的思想一直与你如影随形

“先师手植桧”活了千年
“克己复礼”批了千年
“三纲五常”批了千年
“中庸之道”传承了千年

用手掌拍击树干

发出的树语并非俗人所能听懂
我们出生就学习儒道
至死却不知情为何物
孔老先生啊，先入为主的观念
让我对你误读了半个世纪
我想，与一味西化相比
旧瓶装新酒似乎没什么不好

2017.1.3

在北京车站拥抱了你

在北京车站拥抱了你
在即将开始和结束的时间
一切要走的，一切要来的
都在匆匆赶路
拥抱你的时间
有千百个时间在赶路
包括生与死、回家和出门的人
没人注意或嘲笑我的拥抱
因为，他们没有时间
况且我们也不在一个空间

选择在这个地点拥抱你
多么具有时间意义
只有在北京车站我才有这次拥抱
他告诉我一个真实，那是时间
在北京，在这一刻，为我定格
第一次在北京车站有这样的拥抱
这是一个永恒，一个
路过的永恒，在第三层空间

2017.3.16

雾灵山的知了

隐藏得够深，千呼万唤你才出来
一次露面竟需要千年
你一遍遍唱着寻偶的情歌
却把自己藏在屋檐之下
让我淋湿了自己的心

知了，知道你在寻觅
我在千里之外听到呼唤
这不，带了全部精神赶来寻你
你唱翻了夏夜
自己却躲在树梢下听雨
你让雾灵山静得出奇
静得让我与你一样孤寂……

三味书屋的座椅

这把椅子，先生坐了五十五年
半个世纪的温度却让吾国吾民
感受了跨世纪的寒暑冷暖

你的椅子别人坐不得的
别人坐会撑不直身板
撕不碎写满“吃人”二字的陈年旧账
别人坐会托不起沉重的话语
托不起那些像子弹一样散射的铅字

先生在椅子上举起匕首和投枪
发出“救救孩子”的呐喊
你稳坐椅子，就有人坐不稳江山
椅子在那儿，是等待爆发的火山口

小时候，你像磁铁一样吸住我的心
常常以为你不是凡人
长大以后，你仍像谜一样吸引我
看来你真的不是凡人
临终的X射线片子，似黑炭的肺叶
射击后被硝烟熏黑的内脏
我不知道，你哪来的才气

我知道，你哪来的勇敢

没人坐得了你的椅子
它很平凡，平凡得不能再平凡
这平凡却掀翻了大堂之上的龙椅
横眉冷对，俯首甘为
你像压住书屋的重器，坐在那里
广厦万间才抵御住风雨飘摇

夕阳下，椅子不能再陈旧了
就像曾经穿过的衣服
静静地放在那里，任凭时光抚摸
时光飞逝后，那把椅子就没人坐过
没有人能配得上那样的殊荣
没有人有力量坐得上去
鲁迅坐过的椅子
时光打磨他留下的精神骨架

三味书屋的那把木椅
让时光翻新得经典至极
我的思想在上面也坐不得了

百 草 园

我认识的百草园已经不在了
在鲁迅之后就不在了
那是所有童年的百草园

连天的衰草，是他快乐的童年
其实，那也是我的童年
童年的草地无限大，大得望不到边
即使是很小的一个院落
也足够驰骋整个春天
一个蟋蟀、两个水牛、三个蜻蜓
是童心的全部世界
飞出去就再也回不来的世界
我们将死在连天的衰草里
变成不会鸣叫的蟋蟀

百草园，鲁迅的快乐童年
如今，仅剩下南瓜地和供人照相的石头

鲁迅的书稿

鲁迅的书稿，不仅装饰了一面墙
而且粉刷了一至两个时代
我，端详它黑色、带棱角的字
如一个个冒着火星向前滚动的车轮
与谁相遇都会擦出火来

我买过一套大字线装的《鲁迅全集》
总期望于风花雪月之夜躲进小楼
盖上厚被秉烛夜读，哪怕最后
烧掉了被褥，连同其中的我
字字如火，焉能不被点燃

血溅轩辕，绝美的意境
尽管悲壮得不能再悲壮，那是使命
鲁迅之后没有鲁迅
起码没有如他一样骨头坚硬
道几声委屈，说几句真话
那不是鲁迅
埋头苦干，拼命硬干
为民请命，舍身求法
能挺直脊梁的人，才是

古 轩 口

车过古轩口，有人喊道：
这就是秋瑾被砍头的地方
我一惊，麻木的心差点从胸腔跃出
原来繁华的大街中央，当年
秋瑾在此为中华丧元

忠于爱情者、孝敬公婆者、饱读诗书者
乐善好施者、替父从军者、见义勇为者
让人佩服的女子太多、太多
秋瑾，却与众不同
她是为民请命者、血荐轩辕者

美丽端庄，那是必然的
胸怀大志，他人也都具备
而你，把生命与国运捆在一起
仅凭你的才貌德行，本是名媛淑女
你可以如林徽因，可以如陆小曼
可以如张爱玲，也可以如杨绛
但你还是做了一回自己
秋天的美玉，注定不朽

你本可以跑得很远，但
“真理往往跑得很慢”
生如夏花之绚烂，死如秋叶之静美
你给布满阴云的天空撕开一个口子
把自己的鲜血涂了上去，从此
黎明前总能看到苍茫的紫色

古轩口
让时间每每路过都要止步的地名
如今能有几人想起当年

沈　园

小时候读过你的《咏梅》
但为伟人“反其意而用之”倾倒
也确实应该倾倒。如今我来到沈园
却为你倾倒
让我倾倒的不是你的爱情
而是盖世奇才和忧国忧民的心

读过你的词作
时常被你哀伤忧郁的美感动
我的印象中，你一定是谦谦君子
瘦瘦的样子，今天看你的雕像
印证了我的感觉
爱情没有经得起时间的考验
唐婉忧郁的爱情害死了她
其实，自古女子都是这么钟情

如今，不能再说如今了
沈园里的炽热有些烤脸
一些小男生小女生拉着手，来
寻找自己的爱情，他们可否知道
情为何物，而知道此事的人

已在物欲横流的世界里老去

沈园，一个回忆爱情的角落

不知在你之后还有没有爱情

钱 塘 江

来了两次，都没有看到海水潮，朝朝潮
却看见了浮云涨，长长涨
抚岸听江水漫流，总想看见潮涨潮落
听着潮声，看着云飞，总担心身后
六和塔的钟声会惊扰了涛声。因为当年
我敲的钟声曾吓到看塔的人，他说
守塔多年，还没有哪个人的钟声吓到他
我的钟声接地气、有底气、壮精气
充满浩然正气

我想，我敲的钟声即便震塌了这塔
又能怎样，帝王的江山早晚要倒塌的
何用一介武夫加书生用尽毕生精力

六和塔，多好的风水
要不咋能镇住潮水排天的巨浪
保我一方平安

乌镇的瓦当

乌镇，一个本应清静的水镇
如今众荷喧哗
水不像从前那样清了
天也不像从前那样凉爽了
一切都是汗流浃背的行人
一船都是慕名而来的游客
都为这青山绿水汗颜，如今
他的乡亲只认金钱
不认我这慕名而来的白面书生

研究“乌镇”的来历，疑与黑色有关
一说乌墩，一说乌将青马
瓦当、酱缸、酒坛子都是黑色
联想历史传说，和被设计害死的将军
总觉得这不是一个祥和之地

在茅盾墓前站立许久，墓地豪华
没有他在北京的故居那么简朴，如今
他看着后人假借他的名义捞钱
清高的木心更不用说
这些不是他的初衷

乌镇的人倒还和气
这可能是他存在的理由
本应的清净之地
让金钱堵塞了河道，让我的心
也跟着梗塞

2018.8.5

木心，树一样坚硬，烟一样柔软

太晚知道木心，只能说自己肤浅
诗、书、画三绝的大师
却不为世人知道
《文学回忆录》让我敬仰
让我顺着他的脚步寻他

人长得帅，并不是我追星的理由
没有文化底蕴，也只是空空的皮囊
看如今的“娘炮”们还剩下什么

我想，那个年代为何人才辈出
为何都具有精神高度
看一眼老照片，就知道他们的大格局
无论是文人还是武将，或是革命者
无不长着英俊的面孔
那可不是仅仅长得漂亮
他们都有一副欣欣向荣的精神脸谱
一个有理想、有追求、有信仰的年代

木心，具备了知识分子应具备的优点
同时更具有一颗刚直不阿的心

正直的文人作古

我辈唯有心生感怀

2018.8.5

三寸金莲

只有在旧时才能发生的怪事
把女人的脚包裹起来
那个畸形的社会，脚小成了美德
我不知道小脚女人美在哪里
那蹦蹦跳跳行走的女人
把尖尖的脚刺进我的心脏

现在大脚女四海纵横
小时候见过小脚女人
看见她们，觉得整个世界都在失衡
站立不稳的人生天昏地暗

三寸金莲，一双扭曲的小脚
一双小脚，“东亚病夫”的时代
男人的步伐都跟着踉跄

2018.8.5

灵隐寺的钟声

它在千里之外响起，召唤
有缘人

拾阶而上，实为证实一个道理
佛度有缘人。我是有缘人
要不咋对佛法无师自通
要不咋就知道你说得对

跪拜是一定的，上香是必须的
信则灵，灵得让人信服
我不知道佛祖和菩萨们咋知道的
宇宙真理，修炼能成佛吗

入世修炼了多年，仍然没有明白
我是谁，从哪儿来，到哪里去
佛法无边，无处不在
佛其实就在自己的心里
我们却向身外寻找了几千年

灵隐寺的钟声，唤回本真
让我在迷途中不至于走得太远

2018.8.6

雷峰塔的青砖

神思有些恍惚，记不得
从何时开始，雷峰塔只剩这几块青砖
青砖被泥土包裹着，也将变成泥土
白娘子与许仙的故事演绎千年
千年之后仍在人间演绎

在塔顶俯视西湖，是够美的
青山绿水，鸟语花香
这真是让生命滋长的地方
只可惜天空都被蒙上了世俗的汗水
如今可有惊天动地的爱情

上塔观光的人络绎不绝，一些人
重蹈生生不息的爱情故事
没有爱情，哪来这遍地的婴儿
和市井的喧嚣，只是也像以前一样
一代代终将变成塔下的尘土

2018.8.7

壁立千仞的华山

是谁把你切成这样，以至于
我都不敢攀爬
担心锋利的刀刃从脚切进脏腑
断了我自以为是博古通今的经脉

太多的奢望，就是因这些奢望
让我胆小如鼠，畏葸不前
一切都仰人鼻息，见风使舵
骨头在一天天退化
以致担不起一身血肉
膨胀的欲望能咬掉半个月亮
但实际上已咬不动半年的月饼
不抽烟的心与肺子一样暗黑

上了华山，面对遍地的刀刃
我更胆战心惊
好端端一个七尺男儿，许多人
毁在熏心的欲望上

夕阳下了，回头再望华山
八个大字刺穿任督二脉：
壁立千仞，无欲则刚

华山上的三只灵猫

还没上到北峰，你就在半路劫去我的眼神
看你的风姿，不像是沿街乞讨的丐帮
你说的猫语，我不太懂
小时候外语成绩不好，于你
只会一个字：喵……

走就走吧，为何非得走我前面
还步履轻盈，像在气我
给你一块巧克力，你却不予理睬
黑巧的纯度很高呢
你不吃甜食，是不是血糖偏高
我是一百零八岁死于糖尿病
你可能看不到我的死亡

看到你的眼神，知道我们前世有缘
谁是谁的主人
谁是谁的来生
谁在谁的眼前

来生我多学几种外语
包括鹰语、狗语、猫语

否则，不懂外语闯荡天下
让天下的英雄笑话

我想起来了，当年华山论剑时
你是我的师傅
要不怎么至今我记得你教我的拳术
动若抽丝，步若猫行……

杨家祠堂

杨震是杨家的祖辈，让人敬重的祖辈
看了杨氏家训，老杨家自古忠良
先辈是这么教的，我辈是这样学的
也是这么往下传的

四知堂，如果没遇上倡廉的年代
房梁可能早就坍塌
忠肝义胆经不起风蚀雨剥
正直、正义总被江湖冷落

天知、地知、人知、我知
如果天道都自愧不如
仁义礼智信最后都得饮鸩止渴
杨震先辈，于你墓前请“杨”字挂件
我得用它挡住煞气，降妖伏魔

钟馗故里

曾经做过一个梦，我的前生是钟馗
今天，千里迢迢地赶来寻你
只求与你身心合一，灵肉回归
你手中的宝剑似曾相识
我曾用它摆渡灵魂

钟馗，原来以为你是神
其实你是文武双全的大唐进士
悲恸你撞塌石柱的壮烈
敬仰你视死如归的勇气

院中的紫薇姹紫嫣红
院外的江湖非白即黑
我为你燃了三炷香，俟你随时出现
扫平世间一切荒谬和卑鄙

鲁艺旧址

进了院儿，始知自己艺术的根源自这里
总是仰望满天星辰
原来他们从这里升起、飞行、闪亮和陨落
在一个时空，众多大师云集一处
不能不说是人间的奇迹
都是为了理想和信仰

一幅版画力透历史的纸背
一架架钢琴都有大合唱的旋律从暗中溢出
其实，让我至今不能释怀的
是众多文学家的域外举旗、同室操戈
延安是有精神的，光脚不怕穿鞋的
延河尽管泥沙俱下，最终闯出自己的天地

我意犹未尽地走出窑洞，身后
突然传出一阵高亢的歌声
是旅行团集体的呐喊：黄河大合唱

杜 公 祠

没想到在延安能见到杜公祠
原来是安史之乱把大师逼到这里
颠沛流离之艰，体恤百姓之苦
要不，哪能写出伟大的诗篇

搞文学的人，不能太过幸福
否则作品只能飘在空中
艰难困苦才见人性
文学内涵只在一个苦字

盛唐，无数吟风弄月、寄情山水的诗人
可是除了诗意美，没给后人多少营养
而你，杜工部留下苦涩的“三吏”“三别”
杜预、杜审言都是你的先辈
而你，让他们更为后人所知
你被称为诗圣，绝对诗德配位
尽管当年你曾一贫如洗
你其实学富五车

我满身鱼钩，也钓不起一江春水

竹筏之上，被河流托起的灵魂
总是惊喜、惶恐、任性
一种有惊无险的漂流，救生衣
显得多余
两岸青山夹不住的肉身
让鱼儿都忍不住惊恐万状地跳跃
我不为投饵而来，你不必担心
即便我满身鱼钩
也钓不起一江春水

2019.4.21

庐　山

当年登上庐山的伟人与英雄
都已经作古化成尘埃
他们下榻的房屋、桌椅、床笫还在
只是躲在黑暗中渐渐腐朽
早没了阳刚之气

庐山，一个让人纠结的地方
登高，望不出绵绵百里
下转，转不出层层山峦
一个见证历史的山谷
大英雄们却都想在此实现伟业
最终，造就了庐山

2019.4.21

如 琴 湖

静静的湖面让人放松
这可能是庐山最好的地方
风轻轻，像少女之手
拂过脸颊也浑然不知
四面青山都为这个湖面捧场
喧嚣在此止语

真想在长凳上沉沉睡去
任他风吹雨来，树枝摇曳
独享这种静谧的美好
只要不是死神到来，不要扰我
我要昏睡在百年一遇的光影里
任山外人世更换百轮

2019.4.21

婺源的美丽不分季节

本想踏着油菜花的花香而来
可她，却没有等我的耐心
白墙黑瓦留不住黄颜薄命
青山绿水留不住昙花一现
我迟来的脚步没留住她青春的容颜

我来时，田间还有零星的花朵
甚至路旁不知名的小花
也扮作油菜花的模样，为的是
让我为她投去深情的一瞥
婺源的美丽不分季节
晚一个季节有晚一个季节的风景

2019.4.22

簧岭风光

只一条街就把人吃腻了
包括满街的花朵，让人醉得
满嘴流香
这是青春涨满空气的地方
路边的花环，总是戴在春天的头上

满山的梯田，让人忆起大寨
两座大桥，似在铺春风的走廊
总想躲进哪个咖啡屋静静地
冲一杯拿铁或蓝山
只是人流喧嚣
找不到一块属于自己的净土

2019.4.22

卧龙谷鸣溅溅的溪水

真如一条卧龙，雨后
一直奔腾跳跃、喧闹，欢快地
在山谷间扭来扭去
又像一群嬉戏玩水的少年
一路奔跑、高歌、欢笑

结满青苔的石壁，让人充满敬畏
一级级石阶让生命的历史拾级而上
山间的云雾随时会降下雨滴
就像这多情的季节

我凝神溪流拍石的时刻
溪水总是鸣奏每天不同的乐章
山里静得只听见激越的涛声
似乎想击穿我托举灵魂的躯壳
我把我的呼吸全部给你
任你冲洗我充满污垢的胸腔
把肺叶统统拿出来
让负氧离子翻新一下
把尘间的虚荣、浮名、物欲
一同冲下山去，化成滋润花草的泥土

2019.4.25

彩虹桥的断想

称作彩虹，名副其实
一座架在清流上的木桥
源于先人乞讨的修造
这是大功德，这是天上德
水车已经不转了，而风声犹在

我在清流之上的石垛上跳跃
喜悦得像一只掠水飞行的小鸟
只想世间都应这般寂静
没了喧嚣浮躁

2019.4.23

延溪思村的雨滴

村子古老得结满青苔、霉斑
生命却如溪水静静地流淌
村民如这座古桥样古朴
像开过的油菜花，自然翠绿、衰落
等待收割

一只黄狗跟随我默默行走
似好客的村民，一声不响，只是
伴我同行，似在送客
我只想卖掉半个繁华的城市
来此处买一栋黑瓦白墙的民宿
看看青山，闻闻花香，慢慢衰老

2019.4.23

雅鲁藏布江大峡谷

五十年前就知道的江，刚刚看到
那是激情燃烧的岁月。如今
千里之外的拜谒，脚步竟然颤抖
颤抖如千回百转的江流
曲折如起伏的心路

听你的波声，如我的心跳
两岸苍翠的河柳锁不住你的兴奋
竟让我在后面一路追赶

转不完的山路，流不尽的江水
让我触摸不到你的脉动
索松村在你的双肩搭起彩幡
像是迎送远行的游子
佛掌沙丘让我恨不得扑到你的脚下
做其中的一粒黄沙

本想喘息一下，仔细欣赏你的美丽
浓雾散去，南迦巴瓦峰突然现身
只一束天光就将我的眼神锁住
散了我与生俱来的魂魄

你从远古走来，你向大洋奔去
无限的深情藏在心里，挥洒出去
熔铸了天地大美的所有色彩
我稍一分神，就会掉入你的怀抱
打碎缤纷五彩的天空

2019.6.15

佛掌沙丘

我佛慈悲，我佛无处不在
在山峦起伏、群峰叠翠的雅鲁藏布江
竟然有一双您的手掌立在山下
神奇，怎能不让我拍案惊奇
威武，怎能不让我顶礼膜拜

我只是一介凡夫俗子
哪儿见过如此壮美的奇观
灵魂无论逃到哪里
都逃不出你的掌心

不是印度洋的风如何神奇
只因这块神奇的土地
让从此路过的人无不滚鞍下马
只有这沙丘，能为你营造寂照之地

2019.6.15

雅鲁藏布江两岸的山色

国画技法，墨分五色
而雅鲁藏布江两岸的景色
让国画家无法泼墨
在青藏高原，见惯了土灰的颜色
突然出现的绿洲让人措手不及
惊叹之余还是惊叹
藏在云雾之后的山才叫五光十色
黑白相间的雪色纹路
如一只挂在天空的雪豹
云与雾、雾与山、山与天连在一起
无法分辨，我是在梦中
还是从梦里来到现实

雅鲁藏布江，如果没有山色烘托
哪有这般雄浑、奔涌、壮阔
两岸山色，没有这江水的滋润
哪有这般生机勃勃、满眼春色

两岸的山色醉倒了我
将我冲入这一去不返的江水
也为这大美山水增添一分颜色

2019.6.15

尼洋河岸边的石头

你为何静止在岸边，像我的脚步
你在思考吗，独自脱离水的喧嚣
多沉重的思考才使你变得坚硬
坚硬得不像当年的浪花
像我当下冷酷的心

我拾起我的心，它已经不会跳动
我记得当年它多么炽热
如今，任凭风吹浪打
我只是默默地注视着河滩
那里有我青春洋溢、心跳的足迹

2019.6.23

巴松错的幽蓝

一颗纯度很高的绿松石
镶嵌在青藏高原
它纯净得让白云俯下身来
亲吻碧绿的湖水
月光沉到静静的水下

这就是一颗明珠
投在荒漠的心田之上
滋润这干涸的土地
如果没人，这就是仙境
让我这个男人真想为他怀孕

2019.6.13

罗布林卡的风

从小到大，经历过各种各样的风
但都少有罗布林卡的风的纯净
它就那么轻轻一吹
我就成了吐蕃王朝的蓝草
连呼吸都透着花香

风悄悄地走过，转动手中的转经筒
擦拭包浆透明的菩提
让那盏烛火左右摇曳
告诉我，你还在

罗布林卡的风，如此多娇
让蓝天路过的云俯下身来
忍不住亲你几口
幻化成无处不在的善缘

2019.6.17

杜甫草堂

绿木森森的幽静之处
总是不愿被人打扰
如果没有这乱哄哄的浊气
杜甫草堂的小径该是多么湿润

当年，杜甫历经战乱
忧患的诗句
在草堂中竖起了问天的利刃
虽然刺不破苍穹
却刺破了前世与后人的心

多想让你附体，我是诗人
但我写不出你那样悲愤的诗句

于草木森森的路上行走
总想于斑驳的树影中捕捉光阴
我知道它的价值与分量
落叶飘飘的时光隧道中
总有一束光穿透叶脉打落下来
那是前世尖锐的目光
看到诗人们的麻木或堕落

它的悲愤，甚于当年
诗人可对俗世无道口诛笔伐
却无法在脚下沉降中自我拯救

离开草堂，我重新配了一副眼镜
以前的眼镜太过沉重
以致压抑了我向上看的目光
使我看不清空气的浑浊
写不出清新的诗句

2019.6.13

在山西洪洞寻根祭祖

那种虔诚，是骨子里的
谁能没有根呢

看到几代老槐树枝繁叶茂
我深深感动，甚至
把自己今生与几片树叶连接起来

你认祖归根，洪洞可不认你
但只要你肯掏钱，方可为你燃香
拜金的味道胜过乡情
让我失去叶落归根的愿望
磕头是必需的，只是之后
便远远飞走，不再来了
这儿已经不是故乡

2019.6.29

在羑里

是个清静的地方，否则
周公怎能静静地推演八卦
有时暴君也能歪打正着地做点好事

我深深折服于先哲的智慧
他们就像头顶上的星星月亮
总能照亮我们的暗夜迷航

羑里，我时常受困于自己的心灵
不知谁能推出救我于困境的易

2019.6.30

上海，去了便不愿回来的城市

不到上海，怎知道文化的分量
尽管许多大城市都有文化
但能称上大都市的不外那么两座
近代中国最后的贵族
无论历史之河怎样淘洗

上海，去了就不想回来的城市
总想在那儿寻找立足之地
有一座都市，无论你多么自信
始终是路人，短暂路过此地

我疑心前生来自上海
或仅仅是街头的铺路石
否则，是什么紧紧拖住我的双腿
让我迈不动脚步

上海，虽不是偶遇
只一次，便把灵魂滞留这里
在鲁迅墓旁，做一枝初冬的白玉兰
为历史之城飘送书香之气

2019.11.26

青海湖的天地和羊群

青海湖的云彩长在山上
就像少白头的少年
而青海湖是长在天上的一幅彩轴
从天边垂落

青海湖的牛羊生在草里
是落在草里的云彩
有乌云、白云，还有彩云
青海湖的路从眼睛里伸出
像风吹的纸带，起起伏伏，向前抖落

青海湖的海鸥是贴在水面生的
像是姑娘花衣上的蝴蝶
抖起翅膀，春天便从胸前展开了
荡漾的波纹在心里一圈圈扩大

青海湖的水是我水中的眼睛
清澈透底，一直望下去
便是我全部的青春
那里面有我翱翔的天空
跌落的梦想和不再的华年

青海湖哇，虽然你是我认定的归宿
却不能停留太久
因为，你的盐已经将我的嘴封住
让我咽不下这浓度超标的大餐

2020.6.18

西安城墙

如果说太阳落在城墙上，言过其实
但它正午顶头高悬，迎面照来
像是骑在墙上
用火辣辣的目光看着我们

西安城墙要走一趟的，选来选去
选了个万里无云的日子
骑车、坐车都不是走城的最佳方式
一旦选择了行走方式，跪着也要走完
谁能预料太阳选择了我
他的爱抚，我的痛苦

脸上的烫早过了标准温度
脖子上的肉似乎已经烤熟
要不怎么唰唰向下流油

把脸贴在青砖上感受大唐的余温
见过历史的太阳，也不客气
直接把玄武门之变的炽热回放出来
我甚至觉得，李世民的剑即使抹在脖子上
也不过是这个温度

历史不能再现
历史可以重演

两公里的路走了两个小时
从东门上，找南门下
想紫气东来，却晒倒在南天门下
唐玄奘当年九九八十一关
第一关可能就是在城墙上
救起了助他西行的悟空

四十四函的《大唐西域记》真的不易
多少艰难困苦大过城墙上的太阳
我当不了和尚，我吃不了苦
特别是过不了美人关
所以取经那年我没有出生

脚下青砖上刻了不少文字
都是不懂历史的人在此刻下历史
他们的名字供万人踩踏
估计两辈子也不得翻身

2020.6.24

听说德令哈离这儿不远

青海湖四千多平方公里，绕湖一周四百公里
像一个丰腴的美人
让我拥抱的双臂拢不起来

青海湖的水冷而且咸
一看就是高冷，可望而不可即
连想象中的鱼都不可窥见
鱼的肉比落在湖水里的星星都贵

湖边的海鸥胖得飞不动了
只在人前搔首弄姿
用它的翅膀缝补着湖天中间的缝隙
真想像一片落叶浮在湖面
像海子一样，什么都不想
不去想人类
只想自己的姐姐，我纳闷：
为何他不把姐姐视为人类

我静静地躺在青海湖的阳光上
蓝天白云真的让我失忆
刚才我说的诗人叫什么来着

听说德令哈离这儿不远
那儿有他不死的灵魂

2020.7.1

秦陵兵马俑

嬴政不愧为始皇，我刚品味到他的聪明
他知道人来自泥土，归于泥土
只有把自己和千军万马捏成泥土，方可长久
这也是他食用太多的汞才得到的真知

看到地下那么多泥土兵俑
知道你不寂寞，不敢挖你的墓
只怕变成你的兵俑
与你一样的泥土

你轰轰烈烈地统一了六国
瞬间，又轰轰烈烈地崩坍解体
大起大落说明了什么
秦朝二世而亡，却留下千古泥兵
哪个朝代有你死后的奢华
秦好像是为亡而建，它只过阴寿

千万的泥兵泥马让人称羡
这才是千秋万代
活不带来死不带去的财产
只有变成泥土，才永远落地生根

你的墓没有被盗，这也是你的伟大
看来，你的才华都用在死后
这聪明的王朝咋就黄了呢
我暗自探问那些黄黄的泥俑

2020.7.1

第二部分

春天到了，不要再谈死亡

银　壶

何方神圣，一声断喝
就将我收入囊中

你是江湖上行走的一盏灯
敲着夜巡的梆子罩住了我的金身
如何挣脱这甜蜜的桎梏
困住我啜饮的双唇

纯度九九的茶壶
不能再增加些许的纯度
不经意我会喝下这至纯的人生

你把苦涩装在心里
却让笑容浮在脸颊
不远千里就为这萍水相逢的打劫
等我千年就是要索回我前世
未了的情债

把满月斟满我的茶杯
举杯小酌，有谁知
你在推杯换盏中

早已融化了我的灵魂

2016.7.25

金星伴月

把你的眉毛弯成明月
夜，一定是漆黑如墨的
多想坐在月弯之上，看你
顺睫毛滑下的清泪
我还是喜欢夜浓如墨
月光如水太过直白，不是佳境
只在朦胧的夜色里桃香才能滋长
滋长的夜会一直延伸，如我的目光
伸到春的含羞处。月影的背后
是我的金星，随你西去
直到你收拾起最后一道光芒
怀揣春梦，一同远渡重洋

2017.1.4

春天到了，不要再谈死亡

春天到了，不要再谈死亡
因为它已是向死而生
生命接受暗示，总是谈死，你便死了
谁能活着说出阴冷刺骨的话
灵魂即便没有出窍
也是空空皮囊
与冤魂的枯骨一样充满戾气

太阳照常升起，月亮依旧西去
春天如期来临，紫燕挂在屋脊
但是你看不到了，你死在
自己编织的荆棘里
用带刺的血下葬带血的诗句

让死亡远离口语吧，旅途已够悲苦
不能多呼出一点阳光吗
生命快乐，尽管死神步步紧逼
因为要死去很久，今天
我们必须灿烂地活着

有一天，真的死了

也要从棺木中伸出一枝灵花

期待春天不再死亡……

2017.2.28

十　年

最顽强、最不经折腾的就是时间
只为同频共振，修炼了十年
再有两年，就是一个十二生肖
进入另一层陀螺旋转的空间

一切源于命里注定的那次回眸
巨大的黑洞，吞噬了探寻的灵魂
寒来暑往，花开了十载
斗转星移，天寒了十年
达摩面壁修得了正果
我等待水滴石穿
生命开裂时的阵痛啊
只需一点火种，就能把春天点燃

蓝色火焰烧蚀未寄出的书信
把十年的积蓄一同引爆
三千六百片灰烬伴着桃花雨
一同颤抖地落到你的窗前……

2017.3.5

香　水

什么味道保持许久、经年不衰
只因去了一趟巴黎
随后，他就如影随形
过于浓郁哟，塞纳河冲洗不掉
他清新如初，处处流芳
不败的美丽，灵魂至上
邪恶在风中止步
深情在雨中传播
香水为媒

我闻不得龌龊的味道
他与原生、古朴、偏远无关
华丽外表下的酸腐
伟岸身躯里的腥臭

我喜欢有备而来浸入肌体的暗香
他让我进入涅槃、重塑
墓地不喜欢异香
借尸还魂，必须幻化成人形
蜡梅已在几次野火中断了根系
有谁知道春光之外的春光

清新之上更清新的空气
在舌尖上游弋

2017.3.6

三月，总有一块擦不掉的湛蓝

不等待任何季节和历史过往
只等三月，桃花绽放
你来了，迷了我的双眼
低头拭泪，总有一块擦不掉的湛蓝

我知道，蓝由阳光、天空、海洋
和大地组成
春的催化剂，桃花吐蕊的温床
三原色之一，没有你
世界将有三分之一黑暗
我惊诧这深远、清幽的意境和内涵
一次需要精心呵护的蝶变

我问天，是谁带我来到这个季节
把蓝铺满了我整个时空
是谁，知道我要出海
于桃花岛上挂起了风帆
生命之蓝
让我融化在如酒如歌的色块里
与你一道投入、沉醉
与你一起，重新浸染

2017.3.9

玻璃幕墙上掠过的鸽子

一只鸽子从对面的玻璃幕墙上
掠过，我的心在飞
这个与我一道觅食的春天
去哪里寻找归宿

一切因雾霾而虚幻，一切
都变成了灰白色的印迹
《广岛之恋》播放着影像
我似乎听懂了他们心之物语
可一切又让我困惑
为什么她不离去，为什么
他要留住春天

继续盯着窗外的玻璃幕墙
担心有哪只鸽子，一不小心
撞上我的窗子，我的窗子
敏感而脆弱，一旦撞碎
不可愈合

2017.3.21

一架自吟自唱的古琴

就是这只琴了，只顾自吟自唱
看客已经离场，天上只余半个月亮
而你，仍然在寻找那个准确的回响

风花雪月，杨柳岸晓风残月
只在夜深了，独自欣赏
你是谁遗落在尘世中的一片羽毛
随风起舞，遇雨而殇

我总是连接不上那支曲子
其实，我也在制造孤独
你似曾相识，可是那伯牙子期
我的琴音遗落在琴台之上

回过头，揽过一抹夕阳
把这颤音并入和弦
让我充斥了指尖的乐感
洒在日出之后顾影自怜的墙上
和着节拍，与你同声鸣唱……

2018.7.1

唐山哭墙

——1976年唐山大地震42周年祭

我知道1976年离我多远
不知道242419人站成一排
离我多远

我从这面黑墙数到那面黑墙
从正面数到背面，从天黑数到天亮
从泪水滂沱数到无语凝噎
从我的15岁数到42年之后
数到两鬓斑白，仍没数完墙上的名字

树上的蝉，察觉到我的无力
一起在林中帮我数着
水中见证末日的那棵树
于孟春的早晨数到仲夏的夜里
直至数光了自己所有的叶子

历史都在数着历史
唯有悲哀数不完自己的悲哀

哭吧，我为42年前的凌晨3点42分流泪

墙却把我的哭声回赠给我
刻满名字的墙上没有我落泪的地方
人是最容易遗忘的动物
如今，还有多少人为那个黑夜而哭

站在残垣断壁前
看房梁裸露的钢筋，像拧干眼泪的抹布
擦拭着紫锈的泪痕，我不知道
应该对逝者说些什么
只觉得被摔在墙上的哭声
再也不会从墙里走出
他们只在炎热的7月
借正午的蝉噪和子夜的蛙鸣
数数自己跌落的眼泪
看看为那个黑色的日子还能哭上几回……

2018.7.22

诗人，是否穷尽了天下的景致

诗人的才情用尽了吗
要不，怎么没人写这旷世的盛景
连着百姓的疾苦
和让我觉悟的思想

不想为谁写下溢美之词，也没能力
唱出杜伊诺哀歌似的忧伤
我只想为暗夜点一支烛火
让夜行人少一些夜半深池的坎坷

曾几何时，诗人一个个死去
仿佛世界再也不需要诗歌
风花雪月下一座座诗的新茔
涮笔的水因献媚声一片污浊
我的笔不知落到何处
何处才是诗歌的归宿

唐诗宋词元曲明剧
已经穷尽天下的景致
我辈的诗歌在见缝插针
我问屈原，谁能超过您的《九歌》

天下的词汇已经穷尽了吗
我拿什么装点你，我的诗歌

2018.8.3

撞在窗户上的飞鸟

我在桌前打字，两只飞鸟
撞到我的玻璃上，叽叽喳喳地叫着
它们怎知道我在书写爱情
扭头看去，它们害羞地闪在树后
多想为它们写点什么，只是
不知道它们的故事

如果人与自然直接对话
我将知道其他鸟兽的喜怒哀乐
它们也将知道我的爱恨情仇
世界或许不会是今天这个的样子

2018.8.7

笑他，哭他，由他去吧

谁也不用笑谁，五十步与百步
都是娘胎里来，追赶生命的脚步
人生同源，世界同在
日升月落，花开花败
笑他，哭他，由他去吧

你哭，世界在你降生时笑
你笑，世界在你死去时哭
这哭得死去活来的世界

我笑，笑世界的可笑之时
我哭，哭人生的可悲之处
一哭一笑，生命同此凉热
我笑，到处星光灿烂
我哭，从此没有英雄
人生难道不需要文化了吗
世界难道不需要英雄了吗
英雄与文化一个个逝去

无由欢喜，天下熙熙都去了那里
无须悲哀，天下攘攘都殊途同归……

2018.10.31

两瓶没有打开的红酒

说好了，你我各自一瓶
夜，提前红起脸来

开瓶器摆好了开战的姿势
螺旋的利刃暗藏锋利的目光
他知道今晚肯定有人为他倾倒
或者两败俱伤

然而，夜色却渐渐苍白起来
他始终没有听见开瓶的声音
不知道红酒究竟在谁的腹中

交谈是热烈的，如这锅中沸腾的浓汤
心胸是敞开的，谁此时拿起开瓶器
都会置对方于死地

一种诡异的暗流在四周涌动
音乐都失去了节奏
真想替你抚平眉间的褶皱
只是没有这个勇气

时间一直守候在红酒瓶内
向下滴落着因倾倒而倒置的时间
期待的一次约定和深谈
因滴酒未沾而格外清晰

地铁载着两瓶酒心事重重地奔向远方
开瓶器在囊中独自纳闷
没有让我出场，为何呼吸都带着酒气
没有喝掉两瓶红酒
空气为何是醉的，醉得这般清醒
这般恰到好处……

2018.12.21

春天的葬礼

又一个生命远去了
最终没能迈过那道门槛
谁也读不懂谁的故事
春潮依旧涌动、破土、荡漾

草绿了，骨头却在干枯
生命与季节总是背道而驰
走过那道门，只需一束烈火

送葬的人群早已麻木
葬礼，满面春风的社交
酒依然滚烫，究竟谁在悲伤

人头攒动的只有医院和这儿了
爱之深恨之切的必由之路
除了人类，没这么长的送葬队伍
今天送你，明天送他，后天送自己
生命都在匆匆赶场

春天欣喜地来了，生命默默地走了

有谁能够摆渡穿越，告诉我
那里有没有春天、地狱和天堂……

2019.2.27

我的窗前没有树

我的窗前没有树，只有高楼大厦
当年的三棵火炬树，已藏进梦里
总回忆树枝拍打月亮的声音
月色潮红，似少女怀春

高楼不会有愧的，尽管
它遮住了我的太阳和月亮
遮住清晨为我沐浴的风
让我不知道今宵何日，今日何时

自从有了高楼，听不见河边的歌声
看不见绿草丛中的花朵
冰凉的城市森林
连天的喧嚣让人寂寞难耐
鼎沸的车流人语让心更加孤独

在水泥屋子里望着窗外的水泥楼宇
心，就像水泥墙外裸露的钢筋
即便春风拂面
也发不出一丝赞美春天的柔情

我的窗前没有树
夜里，梦见对面高楼伸出一枝翠绿
不断生长的枝叶将我包围
告诉我大自然并未走远
它只是躲藏起来，等待人的觉醒
等待高楼坍塌之后
向我伸出地球的第二个春天

2019.3.8

空 房 子

空空的房子啥都没有
只有空空的墙壁，和微尘荡起的风

空空的房子啥都没有
只有窗外的阳光，和穿透玻璃
躺在地上、死去的光阴

空空的房子啥都没有
只有一张空荡荡的小床
床上有20世纪的花被
和花被下风干的肉体

空空的房屋，空荡荡的小床
上面有目光和唇印
颤抖的小床发出颤悠悠的摇晃
上面，有霍乱时期的爱情……

2019.3.24

月下的白马

见到你，我忘记了黑夜
忘记了月有阴晴圆缺
忘记了身边汩汩的溪水
忘记了水边的自己

月下的白马，不言不语
你可是唐僧西行的坐骑
取经回来，为何还在这里
你亭亭玉立
让我以为你有未了的尘缘
是否还要马踏飞燕，蹄印留香

你可是为了爱情而在
鬃毛上的红玫瑰可是定情之物
让你坚守一份承诺
在这如水的风中、如水的梦里
如水的黑黑的瞳孔

月下的白马，一地如水的月光
你可备好了鞍，饮足了水
让我带你回家

你要想好，一旦驰骋起来

便没有故乡，没有思念，没有归期

2019.5.24

一截漂木

似在梦中，一段枯木对我微笑
是在水中，一截漂木对我微笑
我在猜想，它来自哪座山，哪座庙
哪个上师将它引导
只知道，乘它的灵修可以抵达彼岸
走旱路遇火，将提前轮回
修行不到，还是不能涅槃

无欲之河普度众生
漂木在我面前停了下来
似有话要讲
我凝视它的微笑，似曾相识
前缘是说不清的，因还未立地成佛

辨别它的年轮，寻它的出处
似有说不出的隐语
我是谁，来自何方，向何处去
总觉得你是西地宏村白玉兰下
三进祠堂大户人家的木椅
不知为何漂流至今
为何凋零至此

漂木说，见到的未必是真的存在
世本无常无我，皆空皆苦

离开漂木，像放开了自己
任它漂向远方
我亦如漂木一样步入水中
任无形无象之手将我推送
漂向寂照真如之地

2019.5.25

酷　热

天热得只剩一条裤衩
并顺着天空的腹股沟淌汗
空调、汽车，包括大树下五颜六色的扇子
试图把诗扇向远方
天地间四处冒烟，热风又能扇向何处

天空、大地、楼房
已接近或超过我发烧时的体温
不停地发射导弹、爆炸和开枪
不停地发电、炼钢、盖楼、造车
排泄物与各种垃圾已经无处可放

温室效应就是温水煮青蛙
抓紧拯救自己吧
如果人类尚属智慧生物
该是共同面对的时候了

2019.7.30

自驾车旅行

双手握着自己的全部命脉，穿行
即使全神贯注、全力以赴
也不能确保万无一失
车、路和路上的一切
可以随时决定你的生命，所以

我只能把握属于自己四分之一的生命
除了风、雨、夜等其他因素
甚至还要更少
这怎么不让人如履薄冰、战战兢兢

命运就是这样
我们只能决定很小的部分，其他
都掌握在别人手中

我捧着这四分之一
脆弱得像光脚裸体走在森林之中
一只蚂蚁上身都会惊恐万分
生命，其实就是每分几十次的心跳
和几秒几次的呼吸

自驾游，冒着生命的风险
观秀美山川
只是，一脚失措
就会成为朋友圈上的新闻
一次没有归程的旅行

2019.6.30

总想藏起一把盐

双手捧起一捧海水，总想
加速心跳将他晒成一把盐
这是我心中的秘密
一个不可告人的秘密

在超市，总想把盐一扫而光
这是我心中的秘密
五十岁以上才知道的秘密

在家里，手里抓着一把盐
总想把他藏在秘密的地方
藏在一个与肌肤贴近的地方
这是我心中久藏的秘密
看过《闪闪的红星》才知道

总想藏起一把盐，我知道
全世界都在笑我
这是我心中的秘密
一个关乎生命的秘密

附过耳来，我只告诉你一个人：

如果没有盐，肉能有味吗
没有盐，你能有劲吗
没有劲，还能看海吗
看不了海，你还能享受生命吗
盐，是你我赖以生存的力量

你笑了，回头一指大海：
那儿不是有取之不尽的盐吗
我又俯过头去对他耳语：
傻呀，大海是你的吗
只有攥在手里才是自己的
你想过没，一旦海枯石烂
你的眼泪还会咸吗

2019.8.2

我被玻璃划破了手指

我被玻璃划破了手指，血
自然而然地喷涌出来
我只觉自己的皮肤已经够厚
它曾抵挡了书卷内千刀万刃的切割
抵挡了五千年谬种流传的铅毒
抵挡了虚荣、害羞、无耻的侵入
然而，一块玻璃，仅仅是一块碎片
竟让食指溅红

我厚薄不均的皮肤哇
你如此高贵和拥有尊严
却死于区区一块玻璃之下
让天地英雄情何以堪
有何脸面再回江东

说起来，人类本不过小小的生物
却心比天高，命比纸薄
总觉得一览众山小
其实，人是宇宙最不知深浅的东西

我的手指被玻璃割破

只能证明我是血肉之躯

血肉之躯是没有资格与世界作对的

2019.7.24

孤独挺立，如犀牛的独角

虽然千江归海，海纳百川
我仍做岸边滞留的沙，不随波逐流
虽众星捧月，万众瞩目
我仍做暗夜独掌的灯，只点亮自己的归程

众人采华山之石，装扮人生
我做印度犀牛的角，独自挺立

孤独是一种勇敢，是落寞的独行
既然不在一个层面生存
何必硬要参加世俗的合唱
掉转头，走自己幽静的小路
那儿或许杂草丛生，或许坎坷难行
只要允许自由飞行，我行我素
一定会拨云见日，找到
属于自己的独木桥

2019.7.26

废　气

谁放了一个极臭的屁，我疑心
可能是肠子烂了
堂堂七尺之躯咋这容易腐朽
手捧新渡户稻造的《武士道》
又想，这于切腹倒是十分有利
向左切及向右拉会没有阻碍
省得中途切不动让观者心焦

这个无敌臭的闷屁，周围寸草不生
没什么不好意思，人人都有
你没觉得空气中充满了腐臭的屁味
只差一丝火星便会熊熊燃烧

2019.8.14

怀 念 狼

一群猎犬撕咬着猎物。一匹狼
在雪中腾空挑起八面雪雾
绝望中尚未绝望的野性
竭力挣脱人类布设的天罗地网

奔突、搏击、撕咬，亮如刀锉的牙齿
却咬不破人性恶的盔甲
孤狼，一只陷入绝境的孤狼
在人类面前，牙齿还不够锋利

人给猎犬助威，狗仗人势狂吠
这时的狗，像是递了投名状的新宠
一群狗对一匹狼，敢单挑吗
离开了豢养的人类，狗
是否还有狼一样的血性

英雄末路哀歌，雪地嚎出血窝
“谁让你是野兽，谁让你吃掉牛羊”
我一边在心里宽慰自己
一边擦去腮边的浊泪

当狼的喉咙被紧紧咬住，再也无法挣扎

一声悲鸣，从天宇深处发出

径直刺破我的狼心狗肺

杀　鸡

月嫂说，坐月子要吃大公鸡
天刚放亮，我雄赳赳气昂昂地奔向市场
路上还替鸡清了清嗓子，暗想：
某只雄鸡今天可能是最后一次啼晓

“一百元！”过完秤
杀鸡者的铁钩在惊恐万状的鸡笼中横扫
我下意识地往后躲了躲
谁知不长眼的铁钩会不会钩到自己
看着紫锈斑斑的铁钩，想起《沉默的羔羊》
那是肉鸡的夺命索、断魂枪
刀锋一闪，血从阳光掠过处迸溅而出
我的脖子也割开似的一阵秋凉

许久不杀鸡了，小时候拿杀鸡练胆儿
刀不快，喷着鲜血的鸡在空中乱舞
地上鸡毛纷飞，空中血珠画弧
石头被染成真的鸡血石
心悸的童年，纷飞的鲜血
背景音乐是“打虎上山”

鸡没多叫一声，就耷拉下高傲的鸡冠
落入尘埃，滚入沸水
从铁桶捞出时，已是贵妃出浴般
通体白腴、肢体绵软、腋毛不生
桶底散落黑湿湿的霓裳羽衣
如我理发店跌落的头发

不忍直视，还是看了
不想思考，还是想了
想起孔夫子当年路遇杀牛
心里稍稍平静了一些
文人都是这样嘴黑笔硬心软

2019.8.21

真可惜了，这张脸

太看重这张脸了，都为它而活
为了这张脸，害死了多少英雄才俊
葬送了多少大美江山
更不用说女人了，丑陋羞于见人

变化万端的脸，可以让四季变色
可以让天地易容，可以开时光倒车
可以让其他的脸不再是脸
可以让丑陋变得美丽
让美丽更加美丽，丑陋回归丑陋

为这张脸，有人赌上国家，押上民族
牺牲大义，背弃信仰，颠倒黑白，混淆是非
可以弄得鼻子不是鼻子，脸不是脸

为了这张脸，非得涂脂抹粉，非得整容
直至皮笑肉不笑，或者笑里藏刀
为了一己之私，什么脸都不要了
最后还被削皮锉骨，帅气无存

脸若有情脸易老，谁能年少不沧桑

历史在一代代刷脸，只可惜
上苍不给面子，最嫩的皮肤
却给了不露锋芒的屁股……

2019.8.28

蛊　惑

冰清玉洁、沉鱼落雁、闭月羞花
明眸皓齿、杨柳细腰、倾国倾城
这一切，都是为了蛊惑、繁衍和情欲
如果，这一切迷不倒男人
人类将无法延续

世上珍贵的东西一定会蛊惑人心
比如金银财宝、高官厚禄、俊男美女
比如你喜欢和向往的东西

蛊惑无处不在，几乎无人能够抵挡
就像马车前方挂的萝卜
就像蒙着黑布拉磨的驴
只有前方的蛊惑让它不停地行走

换个角度，蛊惑有什么不好呢
男人都不追女人了，人类岂不要走向灭亡
只是蛊惑容易使人堕落
容易让蒙着驴脸夜行的人跌下山去

2019.8.13

又喝了顿大酒

又喝了顿大酒
知道吗，酒是好东西
酒后，平时不敢说的说了，不敢做的做了
什么道家老子，老子就是老子
什么兵家孙子
老子后面儿子，儿子后面才是孙子

这是酒劲吗
平时不在体内深藏
七头野兽也赶不出来
从潜意识到显意识，真需要给发条上点劲
“无情未必真豪杰，怜子如何不丈夫”
不是我说的，却在心中深深扎根

醉眼蒙眬，从眼前飘过的女子
是世上最漂亮的女子
但那不是你的女人
手脚要收敛一点，否则
挨上死，碰上亡
世上酒色财气，皆碰不得
问自己，有男人的责任与担当吗

在此之前，什么都别做

话多了吧，胆儿大了吧，脚步摇晃了吧
不承认你的醉，谁也没办法
世人皆睡我独醉
唯有你醉得这么清醒

“饮酒不醉最为高，见色不迷是英豪”
记住这句至理名言就好
酒后打砸抢烧、到处惹祸的人
真的以为他醉了吗
其实，酒醉的人比平常都要清醒
一切醉态都是自己的保护色
人们会原谅地说：他醉了

2019.9.15

漂亮的躯壳

灵魂有什么用，虚无缥缈
来无影去无踪，经常被拿去出卖
但我仍爱漂亮的躯壳

佛说，诸事皆空，色即是空
但我仍然执迷不悟，因为
漂亮的躯壳真实地存在
飘逸秀发、明眸皓齿、婀娜身姿
触手可及，真实可感
怎么能是空的
至于从前是空，今后是空
关我何事
只要能感觉到你的存在
你就真实地存在

我爱漂亮的躯壳
关键是，它能承载我
宇宙的重量，生命的重负，感情的重托
漂亮的躯壳虽然易碎
但我准备好了心灵的黏合剂

一旦它迈向虚空，我的眼泪
会将它重新粘起

2019.9.20

一个人的秋夜

一个人的秋夜，注定是寂寞的
后背的秋风切割一个人的脖颈
没人替你挡住霜刀
路灯与路人的心境一样昏暗
不知为何设计了这趟没有归途的旅行
如何回到那个不再的夏夜

音乐总在孤独时响起
孤独时总能听到更加孤独的音乐
似想填补那侧空荡荡的空白
天涯孤旅久了，人会学坏
你看水中那被揉皱的天空
月亮都不忍看他独自在床的样子
躲在窗外悄悄叹息

我在秋天扑了个空
直接扑到秋风空荡荡的怀里，随风抽泣
一切记忆是那么清晰
一切影像都那么模糊
秋风，并不为我扶起下坠的黄昏
不要再刮这五彩缤纷的秋风

吹散我缺钙的衣骨

让我拾不起一腔多愁善感的血肉……

2019.9.27

我看见光影中灵魂的飞舞

一束夕阳光影，打断视线
我看见上下无数纷飞的舞者

有毛衣的绒毛，轻轻浮动
在拥抱不需要包裹的寒冬

有纷飞的纸屑，在我翻书时溢出
空中跃动的黑色字符

有隐藏在角落中的窥探者
气体、液体、物体与肉体碰撞的尘埃

那些一会儿向上一会儿向下的颗粒
就是传说中的精灵了
向着夕阳飞舞，试图加入西去的光束

夕阳中，我看见许多似曾相识的面孔
他们是各自物主的灵魂
或是先哲、故人，或是无处可依的孤魂

我的躯壳渐渐飘散

变成尘埃中的颗粒
向诸神微笑，与诸神共舞
在我的空间里，与他们分享夕阳
当空间破碎，就在别人的夕阳里下坠
一滴滴落入尘埃

2019.11.7

那一树白玉兰（组诗）

一、那一树白玉兰

所有鲜花，枯萎都会散尽香气
即便留有余香，也气若游丝
有的，在盛开时已经死亡
有的，死在自己的萌芽中、花苞里
而你

死去多半个世纪
却花香袭人，不减当年，沁人心扉
尽管你已经没有花朵，尽管不再光鲜
尽管你已经不会绽放，你的贵气
却拨开俗世之障绽放
你让繁花似锦的季节缺少花事
让人才辈出的年代寻找英才
以你冠名，却少了你的精神

没有花开的季节感觉很冷
塑料花开让心中更冷，哪怕盛夏
总忆起江南梦里花开花落的声音

回到花可开、叶可落的年代
哪怕盛开一天，哪怕只香一次
鲁迅墓前的白玉兰
给了我活下去某种暗示

2019.11.17

二、须眉鲁迅，鲁迅的须眉

奥田杏花应该是个英雄
他将石膏扣在另一个男人脸上
在万劫不复的年代
保留下大师唯一的遗物
让后人看到，那个男人更加男人

那个男人用秃了多少毛笔没人知道
他把毛笔制成匕首投枪
饱蘸淋漓的鲜血，直面惨淡的人生
最后只剩下两根眉毛、二十根胡须

两根眉毛二十根胡须，合在一起
拧不成半支毛笔，写不出一撇一捺
但，就是这几根须眉
刺透破帽遮颜的夜幕，和下面的半张脸
书写了丈八蛇矛的神勇
完成了“救救孩子”的呼喊

我凝视你唯一的遗物
穿透石膏像回到三味书屋
华老栓的血馒头把夕阳染得正红
孔乙己的茴香豆敲得文字乱响
唯一让我警醒的，是你的须眉
胡须刺破如血的残阳
眉毛替我遮住下落的泪雨

2019.11.22

三、鲁迅的指纹

我的指纹，是生命的符号
世界认识我，从我的指纹开始
每摁指纹，我都胆战心惊
生怕成了赎不回的契约
每摁指纹，都担心摁得太清晰
暴露我生命的密码
又怕不清晰，被人偷梁换柱
被人错认为犯罪嫌疑人
从小就带着对世界的负罪感前行
别人作恶，我脸通红
“一阔脸就变，所砍头渐多
忽而又下野，南无阿弥陀”
鲁迅的指纹，唯一的指纹

在此摁上，连墙上的风衣都在抖动

鲁迅的指纹，沉重的指纹
让几千年陈年欠账就此销户

2019.11.22

我在等待一首好诗

雨声响起，灰鹊鸣起，路上的喇叭鸣笛
我在谛听，听一首路过的好诗

云朵飘过，落叶飞过，秋风掠过
双手捧着，迎接一首飘到怀里的好诗

红裙子闪过，黑发拂过，洁白运动鞋走过
我在等待，等待一首穿透心灵的好诗

好诗，只在天人合一时到来
只在诗人的梦想中等待

2019.10.22

思念，是一封无法寄出的信

思念，是一封无法寄出的信
信纸写满你的名字，信封在你手里
字迹看不清了，因为
墨水已经被我写干
为你枯竭了所有文字
所有不常用的偏字怪字
也不能穷尽我的思念

这是一封无法寄出的信
收信人没有地址
又寄给谁呢
五十年后收到自己写的信
而我，已经变成发黄的稿纸
被压在时间的箱底
曾经年轻的我，一直年轻的你

这是一封你永远也收不到的信
因为写信的我，早在写信之前
已经随收信人地址一同死去

2019.11.26

星河暗开，把心割开一个口子

还是这么个夜晚
还是一个人在我梦里走着
谁也听不见谁说话，世界如此喧哗
你手握利刃，从云中探身
星河暗开，把心割开一个口子

总觉身后有风，有雨，有霾
你说，你替我守着
相信你，代价是看不见自己流血
割的口子很深，我得用一生去疗伤
你说你不需要取走任何东西
我问：心可是东西
你取走了它，让它随风而逝
胸膛成了风洞，成了填补不了的空缺
成了看不到底的光年
让渺小的我，一生都不会再去恋爱

2019.12.21

失明的地铁

上了地铁，眯上眼睛养神
突然，我想如果失明会是怎样
失明了，肯定看不到空着的座位
看不到邻座的蓝衣女孩儿
看不到她脸上明亮的眼睛
看不到她眼中透出的生活光泽
生活没有了光泽，会像我眯眼时的黑暗
黑暗会吞噬我生活的信念
没了信念，我是一片黑暗

眼前一片黑暗，但是
一片清香却在我面前萦绕
心想，那女孩儿一定很漂亮
可我看不见她，只能看见自己驿动的心

看不见光明会多么痛苦，幸好
还有这清香，引我在黑暗中摸索前行

2019.12.4

天使，我想牵住你的白羽

人们说你是白衣天使，其实
收起羽翼，哪有什么天使
你是我刚成年的孩子

天使不会疲倦，而你蜷曲了身躯
天使不会饥渴，看你皲裂的嘴唇
天使不会悲伤，看你顺脸颊淌下的泪滴
天使哪会倒下，看你先我而逝
只留下衣架上，空空飘起的白羽

国典中没有天使
我们的天使，就是医生护士
大难来时，我更想牵住你的衣角
从你那获取更多的阳光
获取战胜死亡的力量
大难来时，别人后撤
你却临危受命，逆风而行
你用白羽挡住死神的魔掌
让我得以喘息

你是我命悬一线的红线

是迷雾丛林的烛光
是引我冲出黑夜的南丁格尔的油灯
你在，骤停的心跳可以复苏
你在，流尽的血可以再造血浆
你在，我可以安然睡去
等你唤我醒来，迎接黎明的曙光

天使，牵住你的白羽
是想请你不要过早耗尽你的能量
你也是血肉之躯
不要早早折断了羽翼
没有你的托举
世界如何举起新一天的太阳

天使，我坚强勇敢的孩子
你在，我就看到了希望
我只想牵一下你的羽翼
请你带我一起飞翔

2020.1.29

第八个是铜像

《第八个是铜像》，小时看过的电影
当七个人抬着一个铜像从片子里走过
我不知道电影要讲述什么，影片散场
我明白了：七个人活着，第八个人死了

七个活着的人与一个死去的人
都是为了祖国，为了主义，为了信仰
为了打击侵略者，今天我明白了
七个人抬着前行的是不屈的民族精神
虽死犹生的魂魄，一个倒下却永远站立
不死的信念，虽死犹荣的楷模

八十年过去，第八个铜像依然前行
第八个是铜像，前七个也是
托举前行的是人民，阻止前行的是恶魔
当年第八个铜像抵抗的是法西斯
当下八个铜像阻击新冠病毒
这八个人还没成为铜像，依然活着
人们早已经把它们塑成铜像、立为丰碑

第八个是铜像，前七个也是

他们是救人于水火的天使呀
谁能否定它们的勇敢
在病毒与黑暗面前，第一时间
历史见证：他们来过

2020.1.30

甘如意，你在哪里，还好吗？

故事回放：甘如意，二十四岁，武汉市江夏区金口中心医院医生。武汉疫情暴发，2月4日，已经回公安县乡下休假的她，想到医院人手紧张，毅然决定返回医院。当时武汉已经封城，她只身带着饼干、方便面等食品，骑共享单车，冒雨步行、骑行三百多公里，历尽艰辛，后在警察的帮助下，历经四天三夜返回单位。事迹让人感动。

见到小猫小狗被车撞死，我心会痛
目睹两千多条生命被死神拖走
我却仿佛全身麻醉一样，无语凝噎
旷世瘟疫让悲伤逆流成河
悲伤之河又被悲伤速冻
蓄满泪水的地方，被灵车碾碎了颅骨
眼轮干枯，转不动天地同哭

小女子甘如意，湖北乡下的年轻医生
不惧炼狱之火，直视国殇之苦
三百公里逆天而行，似飞蛾扑火

手机、单车、泡面是出行的武器

淋湿的羽绒服浸满了悲苦
乱雨似箭，荆棘四野
你全然不顾，拼死杀进腥风血雨
什么力量让你撑起暗夜的油灯
你的英勇出自何处
城里有恩人、亲人和恋人吗
原谅我的疑问浅薄、世俗
只想探寻你为何逆流而上、义无反顾

原来你当自己是一名士兵
国难当头，听到使命召唤，即踏归途
其实，你是天使
不忍黄鹤楼停摆报时的晨钟暮鼓

被口罩捂得面目全非的春天
满是黑夜翅膀划过的痛楚
心，灌铅似的沉重
无形的手撕开不能发声的喉咙
问天不语，问神不知行踪
满屋子传世经典一无可用
谁该第一时间到场冲到前面
弱女之弱却托举不能承受之重

十几天了，你的故事仍让我心疼
三百公里长路，风餐露宿，饮尽饥苦
四天三夜寒风冻雨，导航武汉，不问归宿

你有一千个不去的理由，且
一丝邪恶都会将你置于死地
一支星光闪闪的烛火
将微弱的光芒伸进春天
引来地平线不会泯灭的初曙

柔弱的双肩，担起扶危大义
将只会空喊的“英雄”打回原形
把你比作史上的巾帼女杰
说不好你更像哪位民族英雄
所有的溢美之词都说不清楚
所有的诗句都无法准确描述
无畏的心，为何长了弱小的身骨

就这样，你冲进魅影幢幢的绝境
率先冲破凄风苦雨的围堵
东方欲晓，天使还在不在人间
喧嚣里已没有你的行踪
当龟蛇含悲，鼓起长江的波涌
我只想问一句：
甘如意，你在哪里，还好吗？
至爱、至善、至真、至刚的英雄

2020.2.22

这是我最难跨越的一个春天

跨过千山万水，没有这么难
而跨过这个春天，用了毕生精力
庆幸自己，多少人没能跨越过来
冻死在自己的呼吸里，永远地窒息了
优秀何用，有钱何用，当官何用
死亡面前优秀又当何用

见过吃人的春天吗
它用锋利的北风撕咬你的喉咙
古人说“二月春风似剪刀”
剪刀般锋利的春天

这哪里是春天
分明是死神欢聚的大餐
美味前，谁的牙齿垂涎三尺

人之所以可怜，不在生而必死的命运
而是明知要死，拼命上紧死亡的发条

从小就笃信人定胜天的誓言
那是我人生启蒙的春天

正是这唯我独尊的狂妄与野心
让我浪费了一生的青春

就像跨越这个春天，空气
这生命最后的避难所不包容生命
天空遮天蔽日地戴上口罩
谁也飞不出天罗地网
原来大家都是一样的普通

跌跌撞撞地跨过春天，劫后余生
活着不易，活着真好
过了这一阵，可会把艰难跨过的
又轻松地忘掉

2020.2.25

我被堵在清明的路上

去往墓地，必须路过清明
去往墓地是自己的行程
路过清明是祭扫到达终点的先人
是谁将我堵住，让我
上不着天，下不着地，悬在半空
祭扫不了先人，玻璃心
摔碎在通往清明的途中

纸钱不能烧了，那边也有疫情
是否也需要口罩
关键是，让我如何寄托哀思
悲伤无处存放，在心里的天空乱飞
遇到明火，会像野火般燃烧
烧掉这个没心没肺的春天

烧掉春天也就罢了，它迟早枯萎
只是烧掉了手中的纸钱
烤干了毕生的荣誉，浑身上下
只剩下空空的躯壳
两手空空，如何面见祖先
一事无成，如何面对后人

如何延续世世代代的香火

面对春天道路堵塞
我决定燃烧自己
可十五斤热血、一百多斤骨肉
不过青烟一缕，烧净后
谁还肯为我点亮抵达彼岸的心灯
没有光照，灵魂找不到归宿
这需要秉烛夜行的苦旅
昼伏夜出的路时常漆黑，时常泥泞

2020.3.28

哨子、军号与唢呐

音乐知道
哨子、军号、唢呐不在一个语境

哨子用于警醒和提示，不属于音乐
军号也不是，它是军人的进行曲
唢呐是音乐，多用于婚礼、典礼与葬礼
需要炫耀炽烈情感的场合
当下，三种乐器在一支乐曲中出现
五度循环、六拍律动、七音攀升
另类组合，真担心引起共振

小时候听卖牛奶的人吹哨
满街总是飘着甜甜的奶香
影片中，警察追捕罪犯的哨音
像掠过身体的子弹，常碰着心弦

多年没有听到哨音了
当街头突然出现吹哨人
大家还不习惯它所暗示的寓意
死神，随后接踵而来

军号一百零七种吹法，包括起床、操课
集结、就寝，唯独不含撤退
尽管世界上枪声不断
总觉得战争离开我们很久了
似有声音在梦中催我披甲
是战士，都能听到撕破晨风的号角

对唢呐没有好的印象
尽管它能煽情，能从眼眶吹出血泪
声音尖刻，像碎玻璃划过玻璃
如葬礼上的悲啼，声声刺骨扎心
三种声音，都让人神经紧绷、松不下来
即便死在熄灯号里，也只闭一只眼睛

第一声尖锐的哨音
提醒人们：少走夜路，雨天打伞
晴日，别忘了晾晒蓑衣
而军号暗起，金戈铁马在武昌城下聚集
音阶脆如薄冰，在它断裂的节拍上
英雄与天使负重逆行

至于唢呐，对它敬而远之
既害怕它在葬礼上吹动黑纱
又不愿看它在祝捷路上舞起红绸
大悲大喜，同样惨不忍闻

请春天放慢脚步吧，听不惯
这高温、刺耳、夸张、紧张的杂音
燥热会加速春天的枯萎
焚毁由耳入心的玻璃栈道

能否不用这撕心裂肺的金属乐器
换一首轻盈、舒缓、安静的曲调
用八音孔的木笛，为世界吹一曲
空灵的禅音

2020.4.16

把这沉重的春天，直接扛进清明

——写给英年早逝的洪烛

从冬到春，总有一段荆棘之路要走
枯草蒺藜，融冰刀刃，积雪藏着陷阱
春天之上，空气被注入铅毒
变得比铅还要沉重

春寒如冬，走得我两鬓如霜
废弃口罩不停地绊脚
挪不动生锈的髌骨
途经这个春天，我不止老了十岁
背着墓碑般沉重的春天
二百零六块骨头被压进冻土
剩下颅上两个窟窿，风中流着浊泪

春天来之不易
多少人没能走出这块沼泽
燃烧了半截的红烛，挡不住三月的春寒
被剪刀似的春风永远剪灭

一切的生，都是向死而生
跋涉的路标指向墓地

仍不想天过正午，就让墓碑横在前胸

春天的沉重，铅的沉重，墓碑的沉重
似三座大山，压碎了诗人先天下之忧的心
在这沉重面前，一切蛰动都显得无力
生之信念只剩下无言的坚守

沉重的春天，快要托举不住的春天
被诗人之死撕开一个口子
所有出土的萌芽，披上黄黄的纸钱儿

2020年的春天，不愿意再负重前行
让我把你扛进清明
用燎原的野火直接烧成灰烬

2020.3.20

落在阳台上的两只鸽子

清晨起来打开窗帘，两只鸽子落在窗前
我的惊喜约等于它们的惊恐
你是谁，来自何处，去往何方
哲学的终极命题，我恰如其分地提出
眼神可以惊飞它们的翅膀
我尽量装得善良一些
装得若无其事
其实，我多想把它们抱在怀里
它们明显看到了我上下叩动的牙齿

两只鸽子落到我的窗前，我相信缘
我能提供支撑你痛苦的肩膀
却不能提供精神食粮
我的精神世界也很贫乏

我的窗台落了两只鸽子
它们平复了我的浮躁
是否也预示了下半年的安康

2020.7.1

悼马拉多纳

六十岁就走了，只活到一个甲子
话说回来，谁又能活两个甲子
说你的生命太短，像一记疾射的球
身穿了生命挣扎的网
是不是过早燃烧，耗干了自己
阿根廷，在为你哭泣

马拉多纳，全球随着足球疯狂
阳光聚焦在你的脚下燃烧
谁说过，最需要休息的十一个人满场奔跑
需要锻炼的上亿人却坐着看球

马拉多纳，为半身不遂的大地提供知觉
给充满坎坷的世界传递圆融
然后，你出局了
没人给你出示红牌
你让飞出的弧线静止在空中
变成了你的休止符

临门一脚，把初冬踢出窟窿

让天空忍不住滴下泪来

化成千万个悲伤破碎的足球

2020.11.27

我身旁躺着一个幼小的婴儿

与世界对视时，我旁边躺着一个婴儿
我的再生，我的未来
他在我的躯壳中孕育、生长
呱呱坠地，如春蚕破茧

我深知，我的血液仅可供他长出羽翼
至于飞多高，飞多远
全在他翅膀的硬度与生命的强度
没有提前替他设计航线
设计也是一厢情愿
世界并不按原有的轨迹行进
我暗示他，太阳出于东方
生命的脉动起于心灵
这已足够

他是我的护墓人
在我最后躺下时他会扶碑站起
为我填上最后一锹残土
我曾经坚强的臂膀也只是一阵掠过的风
风吹过去最后的力量
为他擦去墓碑的泥

静静地燃烧成

一堆可以捧起的灰

2019.12.17

秋叶飒飒的西窗

最得意秋风飒飒的西窗，秋雨过后
几片落叶贴在窗上，凄而美，润而黄
其他落叶无缘我的玻璃
凄凄然，随风飘荡

不喜欢多数西风中的落叶
乱哄哄，没有思想
只有智者，推开熙熙攘攘的喧嚣
把自己交给透明的窗棂
才能与我交流
完成一生一次的梦想

我不是思想家
命运跟你一样，只是
我凋零时却无处可依
连最后遮羞的内裤也要烧光
甚至来不及贴一贴世界冰冷的脸
就被炉火燎去脸皮
没有灵魂，哪有脸活在世上

敬畏而又萧索的秋天

我只想问你一句

我的前生可否也是落叶

最后时刻也曾贴在你窗上

要不然怎么比叔本华更有思想

2021.9.18

每片树叶上都有一个月亮

人说，地球体积相当于六十四个月亮
我不相信，如果是那样
哪能每片叶子上都有月光

月光无处不在，不像六十四分之一的模样
父亲生前告诉我：高灯下亮
站位高了，万物才能尽收眼底
千山有影，万壑无形
心中怎样明亮，才会让
每片叶子上都罩着月光
我不知道自己飞高了
还能不能看到自己的故乡

2021年中秋节

拾起一片秋叶，把它放进嘴里

秋天又落叶了，拾起一片放在嘴里
此时是什么心情，落叶就是什么味道

苦是自然的，生活的原味
甜是必须的，藏着生活的原罪
酸是应该的，没有它人类哪来那么多战争
咸，那是自己的眼泪
能品出人生滋味，说明自己仍然活着

拾起一片落叶，把它放在嘴里
这是需要勇气的
你知道哪片叶子溅过鲜血
哪片叶子背叛过阳光
哪片叶子来自自己的前生

2021.10.5

我看不到我的眼睛

我看不到我的眼睛，我的眼里只有天空
天空是湛蓝的，有时是黑暗的
还有时是风云变幻的

我看不到我的眼睛，我的眼里只有大地
大地是广阔的，有时是狭窄的
还有时是跌宕起伏的

我看不到我的眼睛，我的眼里只有海洋
海洋是蔚蓝的，有时是金色的
还有时是汹涌澎湃的

我看不到我的眼睛，我的眼里是四季
四季是温暖的，有时是寒冷的
还有时是忽冷忽热的

我看不到我的眼睛，我的眼里是爱情
爱情是甜蜜的，有时是苦涩的
还有时是酸甜苦辣的

我看不到自己的眼睛，我的眼里只有书籍

书籍里有无限的人生，还有人生的意义
有时还有置人于死地的毒药

我看遍了世间的万事万物
看遍了人生的前前后后
有时能看清自己的命运
可是，我还是看不到自己的眼睛

而你能看到我的眼睛
你能从我的眼里读懂世界
读懂人生的爱恨情仇
还能读懂我对你的感情
因为，你就是我的眼睛

2021.10.8

我们开始疼痛了

春天是个好季节，尽管万物复苏
草尖穿破我的皮肤生长
我没感到疼痛，因为
生长本身就是一个快乐的过程

夏天更不用说了，一切欣欣向荣
连阳光都枕着自己的温暖入睡
一切都是甜蜜的，更适合爱情

秋天却不同了，走完了三个季节
看到了应该的收获，所以
落叶如刀，刀刀砍在裸露的心上
让秋水与万木瑟瑟发抖

我们开始疼痛了
收获了爱情与幸福
就得为他们思考、打算、忧虑
幸福与痛苦是一枚硬币的两面
不可能只收取一半
不懂这一点，谈什么恋爱

秋天的疼痛不可遏止
它是花苞涨满后必然的开裂
是稻谷收割时必挨的刀割
不懂得这个道理，枉谈春种秋收

冬天是不会疼痛的
在疼痛前冰霜已经让你麻木
就像手术刀，哪一把不是冬天造的
哪一把不在冷冻箱里冷藏

冬天不会让你过多忧伤
常常让泪水滴落一半，另一半
挂在眼里，冻在脸上
只待春暖，让你的疼痛落在地上
生出无忧草，开出快乐的花

2021.10.10

第三部分

掠过弹孔的风音

悼，一个轻如蝉翼的女子

——纪念光荣牺牲的女飞行员余旭

男人，以为自己就是盘古
不就是空气稀薄的天空吗
拼尽所有洪荒之力
想挺举与自己一样的重量
托举起这个天空

让我仰慕和崇拜的天空啊
无力托举一个轻如蝉翼的女子
女子轻飘飘地飞走了，化作稀薄的空气

当下如我一样的男人都在干着什么
年轻女子飞在天上是一种骄傲
一个女子轻飘飘地飞走了
谁知道其中的偶然与必然，我是说

我无力托举起这个轻如蝉翼的天空
尽管它没有重量，却山一样沉重
眼在流血，流血又有何用，我是男人
我苟且偷生，青春就这么陨落了
轻如蝉翼，又重于天空之下的尘埃

2016.11.13

站成一棵树的样子

站成一棵树的样子
月光下，内心孤冷，一脸白霜
我不认为你在等我
天下的诱惑太多
谁知道你在为谁守候

站成一棵树的样子
月光懂你
用手掌为你摩挲擦汗
他说，爱情是等不来的

走出月光，站成一棵初冬的树
只是笔直的躯干
弯曲不下，甚至少了诗意
拒绝弯曲的、北方的白杨树
那是真正的战士

2019.10.6

父亲，多想为你再搓一次背

年轻时，我曾经为你搓过背
那时我青春年少，你中年健壮
你的脊背像我儿时一样
是一座需仰视才见的高山

当我的孩子长大，高山变成平原
再没见过你渐趋低矮的脊背
我内心深处总有一种纠结：
羞怯于父子裸体相见，被窥视
彼此生殖器的秘密

当平原变成塌陷的谷底
病榻上的你因干燥有皮屑脱落
我才猛然想起，已经多少年
没有陪你洗澡，为你搓背了

是的，洗澡卡是我为你办的
浴池也有搓背的，但
那是孝顺吗
能代替儿子手掌的抚摸吗

清明节，细心地为你擦拭墓碑
把它想象为你的脊背，但是
你再也无法感受我十指连心的温度
尽管墓碑明亮照人，一尘不染
但赎不回不能再为你搓背的深疚

2017.4.7

青砖台阶下的半亩荷塘

有声音昼夜拍打红墙，似叩击门环的回响
桃花刚刚盛开，是谁敲醒这乍起的春光
千年的皇家宫苑，寂寞的云飞草长
一滴青檐边跌落的雨珠告诉我
它来自东陵台阶下的半亩荷塘

半亩荷塘，一池被绿水揉皱的锦缎
才露出一寸金莲，就吵得水也沸沸
蛙也鸣鸣，荷叶上露珠滚烫
我问池塘中的红鲤，它翘翘尾巴
指指东方映透江山的太阳

倚奉天晓月，寻找著名的盛京八景
无论发挥多少想象，也找不出大清的盛况
凤凰楼上紫气东来的御匾还在
只是没有了当年金戈蔽日正镶八旗
滚滚车轮甚嚣尘上

我质疑这跨纪的穿越，来错了地方
走过新乐女神的草屋、燕将秦开的战车
“一宫两陵”、张氏帅府和波翻浪涌的浑河

啊，一切都在，只是历史融进了
沧海桑田的脚步，融进了
荷花满天、出污不染的池塘

半亩荷塘上的一百零八级台阶
为何每次细数都不一样
界面因风云变幻不断刷新
历史因历史的前行更显沧桑
昨天以你为荣，今天应该为我自豪
盛京八景，因诗人的泼墨写意
浑河的水都为之鼓荡
这青砖下脱胎换骨、破茧成蝶的沈阳

故乡，答应你就一定回来

十八岁出门在外，恰青春年少
我飞过高山大海，飞过沼泽平原
一直在天际翱翔，其实
不管飞得多高多远，风筝的线
始终在你的手上

你的手掌，我的故乡
里面有年迈的父母、门前的池塘
荷花溢满池塘的时候，是我的最爱
我行走于星斗满天时，常常蛙鸣如唱
故乡啊，无论飞得多远
你始终牵着我的思念和惆怅

思乡的时候，频频向你的灯光回首
泪花向你的山川绽放和流淌
这些年，我长大了，事业成功了
始终没有忘记对你的承诺
不管飞到哪里，飞得多高
我都会回来，把落叶贴到您的脚上

故乡，我回来了，就像爱我执勤的哨位
一样爱你，忠诚与祖国拴在一起
刻在对家乡父老的承诺之上

我想咬住中秋半个月亮

卫国戍边，驻守北疆
秋风中常常是一嘴黄沙，满脸风霜
我坚硬的牙齿，可以咬断野兽的利爪
却咬不动手中一块绵软的月饼
如果再滴落两颗男儿不轻弹的热泪
更化不开思乡的苦涩与惆怅

龙灯花鼓，长剑天涯
是当兵人青春无悔的担当
每到千里婵娟的月圆之夜
我就想起故乡村头的大榆树
树下，老母亲满头银丝编织的月光

又是一季秋月如酒，又是一年大雁南翔
多想与家人分享一块月饼的香甜
可是，即使拖动归乡的脚步
也放不下手中的钢枪

祖国呀，今天为你守夜
我借白杨树上的一叶树梢

咬住你一江秋水，半个月亮
一半的苦与万家的甜融为一体
思乡的情与心底的大爱共同滋长

老爸如果有灵，请让喜鹊飞上栏杆

清明到了，每到流泪的季节
总见老爸抚琴入梦，弹醒我敏感的心弦
哪怕关闭心灵的窗子，把思想深埋于地下
也挡不住无孔不入的浸染

思念无处不在，如这晨风，如这夜雨
如心头漫卷的黄沙，将我击倒在墓碑之下
让我在天涯独语中咀嚼苦涩的春寒

你是我的老爸。你在，我才称为儿子
你我都曾是共和国的卫士
在为大厦烧完最后一炉方砖，你走了
父亲之河从此断流干涸
你把生命的干柴投入烈火
直至燃尽血钙充盈的骨骼
你说这是军人的使命，匹夫之责
仿效你的样子，我又撑起一片天地

老爸，我又来看你了，你的身躯软如春泥
与大地融为一体，只为滋养春天的花朵

你最先感受四月大地的苏醒
最多看见匆匆而过的光阴

老爸，我们在照看老妈，但无论怎样
也达不到你那样贴心，母亲干咳的夜
不能递上一杯水，冲淡她枯藤老树
夕阳西下的孤单

老爸，祭奠时给你跪下
像你一样，我只跪英雄、祖国和人民
如果你在天有灵，让路过的喜鹊
飞上墓地的栏杆，唱出最诚挚的祝福
从春天唱到秋天，从此生唱过彼岸
为天下生灵，为国泰民安

2019.3.26

妈妈，是我错了

——母亲节，想对母亲说的话

不及回首，好像突然长大
像屋外那棵挺直的白杨
而您，突然变老了
像河边那棵弯腰的垂柳
不知何时，我开始变老了
而您，夕阳的余晖里银发飘飘

一直思考一个幼稚的问题：
人为何变老，由生到死
可是人生躲不掉的劫、必经的归宿

您总爱回忆往事，讲我小时候
上课不听讲，被老师在家长会上点名
贪玩弄丢了鞋子，光着脚丫回来
上房揭瓦，帮弟弟打架……
您不厌其烦地讲，每每都像头一回
儿孙们在您的絮叨中笑着一哄而散

父亲去世后，每到节假日
您都提前买好我们爱吃的菜，遥望窗外

我们常有说不完的理由不能回去
一次突然意外回去，我看到您
眼中有泪，盛满了眼袋

天冷了，您总是叮嘱：
“降温了，多穿衣服！”
我们出门在外，没了动静
您总会焦急地询问身在何处，何时归来

您常常被社会上的甜言蜜语蒙骗
一袋大米，两桶油
叫您一声：“亲奶奶！”
您便将假冒伪劣的东西买回家来

给您买的衣帽堆了半个衣柜
您却始终舍不得穿戴
常常坐公交车到很远的地方买菜
说那儿的菜便宜
却不算自己奔波的辛苦和劳累

您跟邻居聊自己的家事
对儿女的成长进步满是自豪
您把一家人吃顿团圆饭看得很重
总希望我们围坐在您的身旁
与您聊聊家常，而我们
常常低头看着自己的手机

您絮叨、固执、健忘、耳背
什么都舍不得扔，爱攒方便袋
说留着装垃圾。您一个人能有多少垃圾
一直被我们不理解、讥笑和劝说
您只是默默忍受，不做辩白

有一天您生病了，病得很重
您紧紧地抓住我的手
生怕一旦松开就阴阳两隔，瞬间
我的泪珠奔涌而出，打湿衣摆
妈妈，您真的老了，对我们
就像我们当年对您的依赖

您会先我们而去，我不敢想
又不能不想这样的事
如果真的失去您，我不知道
将面对怎样的情感崩坍
永不再来父爱的山、母爱的海

没人的时候，您时常流泪
说我们不需要您了，我知道
不被人需要是多么失落
而我们却懒于走进您的精神世界
“慈母手中线，游子身上衣”
“儿行千里母担忧”何能超过母亲的爱

妈妈我错了，是我们做得不好
我们用心一点，您不用去买假药
也不用辛辛苦苦去买便宜的菜
“常回家看看”，是您最大的期待

妈妈是我错了，孝而不顺，孝里缺爱
我们忙于事业、家庭和儿女
让您有了孤独、寂寞和无奈
儿孙们都出双入对，而您
丧偶后单身一人，形影相吊
像一片孤独寂寞的海

妈妈我错了，我们身为父母
但未深悟养育之恩，虽有爱心
却极少表白，打电话问老妈：
“你在干吗？”您说：“我在看电视呢！”
我问自己：给老妈买了电视
就是对她全部的爱？

孝顺，难道就是在她百年之后
为她选个上好墓地，或者
呼朋唤友为她风光送葬
再哭个死去活来？

妈妈我错了，人生其他都很重要

但孝顺不能等待，要做好当下

不让您在夕阳西落时，把爱苦苦等待……

2019.5

父亲教我的一首歌

会唱的歌曲，是生活的履历
成长就是生命的进行曲
父亲教我唱的《珊瑚颂》融入血液
如影相随，压在生命的箱底
这是他教我的唯一一首歌
每当唱起它，总有泪珠盈眶
音符飘在空中，和弦涨满追忆

父亲是一名军人，音乐不是专长
却以极准的音准、极强的节拍
唤醒了我的音乐细胞，随他一起脉动
这是音乐老师教不出来的，也是他
望子成龙的希冀

学歌的那天，是个周末
十岁的我，与父亲一道
在夕阳金色的旋律中沐浴，每个音符
都飘着父爱的味道
“一树红花照碧海，一团火焰出水来”
那个秋天，我收获了一生的音乐

父亲低沉的男中音有些沙哑
神情却专注投入，我的身心
常在这时定格，音画一体
把它置于人生五线谱的首页
在那个没有KTV的年代
学会这首歌，像是攀住向上的音阶

当貌似音乐的噪声充斥大地
父亲教我的这支歌曲
伴随青葱岁月，见证我人生履历
如今父亲已去，但这融为灵魂的音符
一直在心灵回旋，不离不弃

2019.5.23

以高八度的声音宣告降生
——2019年8月8日22时58分，外孙子在沈阳二〇二医院8楼以8斤重量降生

一声啼哭震酥了焦渴的土地
乐音，以三个高亢的八度
拨开夜幕，摇动秋水颤抖的心
先期而至的喜雨
声声敲醉开道的心鼓
面对如此强大的生命的降临
我愿俯首称臣

你，让我卸下九个重负
提升一个身阶
洪荒之力的生命之花，如约绽放
立秋之上，收获整整一个金秋

阁下，还没请教你的名字
从源头说，我亦是你的发源地
两大家族的甘露孕育了你
你的生命之河源远流长

全身心等待分娩室大门的打开

新身份的我，在第一时间托起你

生命之秋，新一轮的太阳

2019.8.8　23:58

中秋的雨

相思线越抻越长，最后抻成了雨
本想透过月亮看看你的容貌
全被这泪水挡住了眼帘
中秋雨呀，善解人意的雨
只是，走在了我的前头

多少个欲哭无泪的黄昏
人前，总让我绷着男子汉的尊严
你可知道，男人心底的泪已成河
上帝给女人一个柔弱的面孔
即便她哭倒了长城，仍不为世人耻笑
而男人，只有把满腔的泪变成喷溅的血
才不致让世俗的城墙崩坍

中秋雨呀，善解人意的雨
我的泪顺着你的脸庞流淌下来
让这个中秋有了温情
让这份牵念有了质感和苍凉

中秋雨呀，既然这样
我可就放声哭了

你一定要盖过我思乡念亲的惆怅
可不能突然就停了
把我的悲伤停在半空
落不到故乡的土地上，终生飘荡

2019.9.13

中秋月，挂在天上的四副面孔

一副面孔，圆润而金黄
层层垛起的稻穗、团团相拥的麦浪
丰收之喜在农民心里暖暖珍藏

一副面孔，褶皱而沧桑
母亲含辛茹苦哺育大地
只为月圆满满，儿孙满堂

一副面孔，孤寂而寒凉
妻子怀抱幼子眺望远方
祈望丈夫远行平安吉祥，早日归乡

还有一副面孔，坚毅而刚强
龙灯花鼓夜，仗剑走天涯
男儿志在四方，身系祖国安康

还可以找出更多的面孔和寓意
而故乡、慈母、爱情、生命与力量
共有的悲喜之根、爱恨之源、生死之痛
演绎阴晴圆缺的浅吟低唱

我，一名中国士兵
用中秋月拂去枪上的尘灰
用赤子之心将月圆之夜点亮
刀尖在天际划出一条弧线
圈住大美河山每寸土地、每片海洋

千江有水千家有月，万里无云大爱无疆
长城内外，到处都是挚爱亲朋
大江南北，无处不是自己的故乡
中秋月呀，总想把你定格在胸
圆我英雄国度的光荣与梦想

2019.9.13

蓄满春天第一时间发芽的根须

霰弹枪一样的雪霰袭击了我
头颅落在雪窝里，饮着自己的血
谁喜欢与书里写的不一样的冬天
没有清爽的鸟鸣雁语
没有身披大氅迎风站立的英雄
只有自己遇风而坍的身躯

这不是我期待的冬天
了无生机，薄冰给河水戴上面罩
封住水下鱼的呼吸
你说的春花秋月哪去了
暮鼓晨钟哪去了
秦王歌伎哪去了
大唐盛景哪去了

这些让我怀念母亲生我的春天
书生意气挥斥方遒的盛夏
霜叶满天的金秋
甚至躺在棺椁里静静等死的冬天

这求生不得、求死不能的冬天

让我没了独立寒秋的勇气
只能蓄满抵御严寒的羽翼
和来年第一时间跃起发芽的根须

2019.11.18

老爸，今年清明不能给你扫墓了

老爸，今年不能给你扫墓了
疫情所致，不能聚堆，不让烧纸
墓园说，只要给钱，他们可以代替
这种方式让我难以接受
祭奠先人，怎么可以花钱雇人
他人可有我的追思与悲伤
能代我跪拜吗，可有我的孝心
陌生人给先人扫墓
能否让先人疑心世界出了问题
不再相信当下的春天

也许我应该相信：钱能通神
应该相信：世界与我同悲
换了我，能为他人真哭一场吗
人们哭的，常是自己

墓园代他人扫墓，其实人生
需要代理的何止这些
忽然想道：有一天，我不在了
可否请人代我观春花秋月
替我看百态人生

老爸，今年清明只能这样了
如果没有收到我的惦念
就托梦给我，或以你的方式
让碑头花脱离墓碑，随纸币飘在空中
或让墓地上方的云，变成清明的泪
让真正的悲悯降临人心
托起生命不能承受之轻

2020.3.30

提前写给十年后的母亲

试想十年后，每当想起母亲
泪珠就像菩提子被光影磨破细绳
断线似的散落四方

落到东边的是思念
母亲走了几年，思念就跟着走了几年
只有母爱是无私的，不打折扣的
其他的都有代价，付出需要回报

落到南边的是感恩
出生之前，我曾是气体、液体
在天水间，蜉蝣似的飘荡
父精母血，让我在母腹中撑出自己的天空
没有母亲生养，如今我是什么

落在西边的是内疚
可怜天下父母心，我没达到你的期待
你望子成龙，盼我成为国之栋梁
而我，只长成一棵普通的白杨树
文不能安邦，武不能治国

愧对你一片苦心

落在北边的是后悔
知道你必然先走，可是很少陪你散步
有时同行，还嫌你走得太慢
没多牵牵你沧桑的手
我小时候，你的手扶着我
蹒跚走上人生之路
而在你步履踉跄时，却没陪你多行几步

落在心中的是孤单
母亲在，尚有来处
母亲不在，人生只剩归途
母亲走后，天寒水热，人间冷暖
永失一份贴心的惦念呵护

散落一地的菩提子呀
跌落便收不回来的泪珠
何时能聚拢成生生不息的正果
五味杂陈的泪，可否让时光倒流
让我把亏欠父母的情，一世还清

十年后，不知母亲是否还在
如果在，则是儿女的造化
衷心祝她健康长寿
我，还有孝顺的机会

如果不在，一切都去而不来
我现在还等什么
还有什么比母亲更重要
放下手中的一切去看母亲
给她一次长长的拥抱
再说上千遍：妈妈，我爱你！

2020.5.12

年年不同的月光

小时候的中秋，月亮像一枚月饼
总盼着过节，回味玫瑰入脾的馨香

当兵了，月亮上的曲线像故乡的小河
肩上的刺刀、河中跃起的锦鲤
照亮了老槐树下圆如满月的池塘

婚后第一个中秋，在哨位替战士站岗
每走几步，总要望一眼千里之外的月亮

在女儿蹒跚学步的那个中秋，我在北疆
橘黄的月影中有她挥动的小手心
伴着旌旗猎猎，黄沙飞舞
我的双肩，承受合家团圆的分量

如今不用抛家舍业戍守边关了
外孙的画笔在窗前画出一条弧线
家里就铺满一地七彩的月光

今年的月亮静得出奇，银杏叶落水
都会在月影下惊起荡漾

我努力追寻月光走过的足迹，此刻的我
只想在月亮阴晴圆缺中返璞归真
让时光倒流，把年年不同的中秋回放

掰开所有的月饼，将月饼馅捏成五色土
将普天下月圆时的缺憾全都补上

2020.10.1

我于南昌城下拾起
一枚锈紫的弹壳

谁说历史走了，就不再来
我于南昌城下拾起一枚锈紫的弹壳
用历史的眼光审视它
又猜不出它真正的历史
它可是第一声枪响留下的火种
穿过近一个世纪的风烟，来到当代

拨开城头大王旗变幻的迷雾
坐看潮涨潮落，笑谈兴衰成败
阴霾集聚久了，必有通透的阳光
从云缝中喷射出来，我执着地寻觅
实时在场的弹壳，只觉寻着了
才对后人有所交代

城头漫卷的西风，曾让旗帜缀满蜂窝
子弹穿行时，弹壳落入尘埃
历史哪能带走一切而不雁过留痕
黑漆漆的弹壳，送出带火的弹头
射穿了三座大山活的棺材
还没出生时，它就焊接了我的精神

让我的思绪接通未来

那颗弹壳，我说的是当年的英雄
植入弹仓的是觉醒的手指
不让“共产主义的幽灵”只在“欧洲游荡”
喷射出一腔热血，直扑旧阁楼的花翎顶戴
民族站起来了，把自己投入熔炉
锻造新的青铜时代，镰刀斧头一碰
烈火便在原野上盛开

我曾于训练场上举枪射击
纷飞的弹壳如催春的疾雨，与之和鸣
热血男儿的脉动，勇士的风采
弹壳，为大义而腾空，滚落了滚烫的血脉
我多想在春天再植它入土
让锈紫的铁变成紫红的泥
在五色土上滋润铸剑为犁的花海

一路寻找南昌城下的弹壳
为此，我饮过井冈翠竹上的露珠
蹚过风雪草地毛儿盖，擦拭过卢沟晓月
沐浴过钟山风雨，最终在天安门上
与共和国一起挥动炫舞的彩带
那枚攥得发烫的弹壳呀，在我的手里
其实从南昌走来，它一直都在

谁说历史走了就不再来
我于南昌城下拾起一枚锈紫的弹壳
用不忘初心的眼光审视它
终于知道它真正的期待
它虽然不是第一声枪响洒落
却是铁血军魂的遗骸，它告诉历史
它来自南昌城头的滚滚铁流
来自黄山、黄河、长江、长城
是不灭的精神，风华绝代
它与千舟竞发，继往开来

八月之上

七月艳阳
一切都因为躁动变得不安起来
似乎一切都在聚集，一切都在裂变
一切都等待明烛天火的焚烧

嘉兴南湖的船没驶出多远
便遇上暗礁，落水、溺毙、逃亡者
一切不适合远航的懦弱者
一切见不得血影刀光的“晕血者”
均弃船而去，各寻救命草和“回头是岸”了
真的革命者，抱起破旧的船板
重新上岸，继续打造破冰的航船

南昌，历史认定的口岸
可能也是被逼无奈，然而
历史事件并非都是临时促成的个案
革命，哪能一帆风顺、四平八稳
南方主火，南昌注定要燃起通天大火
干柴聚集在南昌城下，不点不行
注定改变历史的英雄们举起了枪
只一声枪响，子弹的弧光便在夜空上
画出了一条区分新旧时代的红线

这条线被七月流火点燃

八月抢先到来，尽管还没有准备妥当
它到来的时刻是超速的、离线的
不可理喻和不可阻挡的，枪声足够响亮
瞬间就震塌了城墙，月亮
从此不再比那晚明亮，历史感叹
八月从此登场。行者举步艰难，两步摇晃
三步，五步，步步，直到无倦沧桑

我知道，那天，何止那天晚上
南昌，这座早已经蓄满铁水的古城
城郭早已经被热血烧得滚烫
就差一根最后压塌它的稻草，脆到
划一根火柴就能把山河照亮

八月之上，煮沸的月光一下倾泻出来
盛满月夜的竹筐，南昌的夜呀
从此逐日漫长，延长至两万五千里
延到吴起镇的河边，它走过四季
走过山山水水，直到一碧万顷、万道霞光

井冈会师的洪流染红井冈
九月的翠竹随风鸣唱，九九重阳
那是大大之数，战地黄花分外甜香
当九月的“紫太阳”扯出雾障
卢沟桥头悬挂出血淋淋的月亮

青山毕竟遮不住，“东洋刀”抢完东北的
森林煤矿和大豆高粱，又想占整个中国
“贪心不足蛇吞象”，注定被打回原形
回到自己小如弹丸的岛上

胜利果实有人要抢，也该你日薄西山
大厦将倾，表面华丽，内里糟糠
经不起人心所向、揭竿而起的刀枪
钟山一夜风雨，百万雄师横渡大江
最后的王朝只好跳入大海
从此再也无缘享受神州大陆的春光
七月、八月、九月之上
如期而至的十月闪亮登场

几经奋斗的年月呀，终于步入辉煌
历史的步伐不算太慢，从1921年起算
走了二十八年；从第一声枪响算起，二十二年
从季节上巧论，也只走过一个盛夏
就步入天安门城楼十月金秋

啊，八月之上，纯阳之阳
我为你头顶金徽，身着红装
脚踏足下的大地，手握那杆钢枪
红彤彤的天地，一路高歌向上

2018.7.23

你为和平献出双眼，世界因你天清气朗

昡光在空中炸裂开来
世界便永远黑暗了
为让更多的人看到光明，你献出双眼
第二天的朝阳溢出血来

我常想，英雄别于常人只在一瞬
它无视可能的结局，所以
义无反顾地注定悲壮

已经不是第一个英雄了
却是离我最近的英雄
我感觉到了那执着的眼神
眼神背后的天空
及那颗为世界驱逐黑暗的心
麻栗坡的阳光，几十年之后仍有雾障
非得有英雄的目光清场
还给天地一片天清气朗

我知道，时间与生命已经融为一体
灵与肉、锈与骨、尘与土

与浩然之气一同登场

这是战场啊
虽不见厮杀呐喊的刀光剑影
死一样的静寂暗藏置人死地的毁伤
你是英雄，你义无反顾
为和平刮骨疗毒，你化掌为刀

当你失去拥抱世界的双手
再不能目送东起西落的彩霞
我说，在今天的灿烂艳阳中
有你一束炽热的目光
在为世界祈福的万千臂膀上
永远有你托举蓝天的手掌……

2018.12.5

我在风中抓住一颗子弹

我在风中抓住一颗子弹，显然不是
它的初速，否则会射穿我的手掌
我在风中抓住的子弹，是下落的瞬间
我担心它独自下落会让泥土生出紫锈
窒息大地春天的呼喊

飞行的子弹怎能抓住，即便抓住
也挡不住它的一意孤行，它为穿透而来
怀揣利刃，它不飞过，如何耕种
自由的心田

抓住一颗必将跌落的子弹
在风中把它攥成齑粉，化成烟花
我看不惯子弹射穿肉体迸溅的鲜血
和纷飞的碎骨

我愿化成逆风千里的气流
迟滞子弹的向死飞行
把它投入热血中淬火
熔铸大智止战的铁犁
轻轻栽种和平之语……

2018.8.17

故乡，今天我踏浪而来

一种声音总在夜深人静时降落
那是天上的声音，远方的声音
是早已夷为平地，散在风中
淹没在荒郊野草，墓碑上的声音

离开故乡很久了
当时我还是少年。如今
故乡已分辨不出我的乡音
躯体早已不是父母给予时的模样

故乡用探寻的目光打量我
猜度我的根是否已被拔去
我差点把风拧出泪来，以证明我
确实属于这个地方。我的汗水
足可嗅出海岛的鱼腥味
我的心依然属于那棵老槐树
步履故作坚挺，容颜却已苍老
心，像岸边破旧的渔船
勒起伤痕累累的渔网

我把故乡深深地藏在心上

不管收起白帆，还是破浪远航
想着先辈、祖辈、父辈们的业绩
我一直担心遗失什么，否则
不会总在梦里扶岸夜哭

先人，今天我踏浪归来
是因祖先不断的传承
托举了我的成长，不知道
我的长相是否还有长辈的遗传基因
是否像爷爷，或爷爷的爷爷
依然能写出流光溢彩的大块文章

故乡，割舍不掉的命啊
我在万籁俱寂时爬上你的船头
唱一曲早已忘记名字的船歌
把暗藏的乡情送过彼岸，于菩提树上
结一颗叶落归根的种子

误飞到大海上的麻雀

在波涛如怒的海上，一只麻雀
迎着海浪飞翔，其实
它是裹挟在旅行人群中飞进船舱
飞离舷窗后，它惊呆了
无边无际的大海，一碧万顷的波光
这是哪儿，大海的辽阔让它胆怯
退回去，躲不开甲板上贪婪的人心
无奈，它只好飞向海洋
海燕、海鸥和大海都看见了，只是
弄不清这只鸟儿为何向死飞翔

浪花打湿了它的羽毛
海风猛烈拍打它弱小的肩膀
它眼中充满惊恐，这没有目标的远航
哪里可以栖身落脚
哪里是自己前行的方向

游轮渐渐离它远去
它只身漂流，独自流浪
孤独、无助，寒冷、悲伤
它不知道坚持多久才不会葬身鱼腹

它祈祷上苍，嘶哑悲鸣
苍天哪，我飞向哪里，请给我力量

一缕霞光透出云缝，打在身上
海风中一个声音猛然回响
可怜的麻雀，你不该来到这个地方
你有你的空间，有自己飞行的轨迹
何必来到这弄潮儿的疆场
这里虽无刀光剑影，却处处狂风恶浪
只会飞不行，必须有坚硬的翅膀
光有雄心不行，还得有搏击的力量
你，或者飞回去追赶客轮
在人类的羽翼下浅吟低唱
或者，抱着决死的信念
继续前行，飞行在生死未卜的海上
也许能见到从未见过的风光

这声音震耳欲聋，让麻雀满怀忧伤
是飞回去自投罗网，寄人篱下
还是一意孤行，完成涅槃式的海葬
麻雀也有思想：此生短暂，都有一死
与其苟且偷生，不如飞向灿烂的海天
纵然葬身大海，此生也不同凡响
老天给了我一副翅膀，虽然弱小
但不是让我安逸，而是让我飞翔
飞就飞出完美曲线，飞就飞出骄傲模样

庸碌一生不如活出生命的绝唱
大海呀，我要飞给你看
英雄的命运注定悲壮，麻雀虽小
也要把最美的弧线留在天上

第七天，海潮把麻雀的尸体冲上海滩
它翅膀折断，海风已经将它冻僵
有谁知道，它最后的飞行看到了什么
向死而生，它完成生命之旅最灿烂的绽放
大海可以做证，蓝天可以做证
堂吉诃德式的飞行，挑战命运的风车
勇敢，就永远活在大海之上

2019.2.25

你的名字，永远焊在我的眉心

一切都会被淘汰、改变和删改，但是
向上、向前、向善的印迹
不应被涂抹、易容和冲洗
雷锋，就是这样不能破损的符号

许多诋毁、轻蔑与误读
认不清污染为何会置人死地
心灵为何需要纯净的呼吸
路遇太多的自私与丑恶
春暖花开，和风细雨，救人于困顿
这样的善意释放，才是生命所需

谁不喜欢真善美呢，当污泥沉渣四起
我们大声疾呼：雷锋，你在哪里

其实我们一直在找你
一切怀旧与追思，从足下开始
心存敬畏，择善从之
胸有大爱，见弱扶之
如此，你就是雷锋，就是好人

你的名字，已牢牢焊在我的眉心

2019.3.5

山火，你可咽得下
三十名英雄的头骨

木里，一听地名就容易燃烧
靠水而居却命中缺水
横断山高，没能阻止一场肆虐的山火
过火的废墟上，灰烬四处嘶鸣
咀嚼不烂飘在空中的焦苦

如果我，变成雅砻江边的一瓢清水
即便化成水汽，也要从悲怆的空中扑下
击碎助火爆燃的朽木
可纸上谈兵，抵挡不住野火的撒野
英雄一腔热血，滚沸了凉山的红土
真想替它们挡挡死神的魔掌
可我，仅有两行热泪，于事无补

优秀指挥员视兵如命，深知
带多少人战斗，就带多少人回家
无价之宝是人的生命
然而，天有不测风云，人有旦夕祸福
英雄注定悲壮，因为他是英雄
英雄注定英勇，他要浴血冲锋

凉山的草木，木里的风
三十条鲜活的生命化蝶飞舞
你可知道他们都还年轻
18时30分，正是回家吃饭的时间
英雄们无人生还，驾火西行
肆虐的山火，可咽得下你最后的晚餐
三十个英雄不死的头骨

五行说，金克木，木生火
我问天：就没有一条不会干涸的河流
穿行山野之上，锁住随时出现的火龙
天灾人祸的人间悲痛已经够多
我不想总是陷在泥泞的泪水里
于灾难过后，想起来就哭……

2019.4.2

我有一块上甘岭的石头

一块石头落在我的手中
坼裂、棱角、褐色和土腥味
初看与普通石头没有不同
然而，将其置于历史的显微镜下
镜片瞬间崩裂，露出哀痛

坼裂，非自然天成，好像断骨劈开
棱角，非人工斧凿，似有利刃藏匿其中
褐色，像炉中烈焰正红
土腥味，没有硝烟与热血反复浸泡
不会这般悲苦、凝重

这是上甘岭的石头
上面有无数历史之旅的魂灵
经过浴血包裹、刀耕火种
蕴藏生命涅槃，见证过大义从容
天与地浇铸，血与火凝成

那个冬天，上甘岭应该不冷
山坡被炮弹、炸弹热炒千万次
横飞的弹雨填满了山石的裂缝

飞溅的血肉窒息了空气流通
我不知道，四十三个昼夜来过多少死神
只知道三点七平方公里的山岗承受了
一百九十万发炮弹、五千枚炸弹整容
山头被削低两米，埋葬上万条生命
九百次铁包肉、肉包铁的正反冲锋
山岗成了尸骨遍野的墓地
土壤因失血过多变成紫红
这哪里是传统意义上的战斗
纯粹是钢铁机器在山谷里绞肉

我看不到当时的惊天画面
当然不为敌人喝彩，长他人威风
战况惨烈白热，便知战斗异常凶猛
胸膛堵住枪眼，断腿丈量土地
骨骼来回翻地，血肉反复播种
英雄啊志愿军，志愿军哪英雄
企望用自己的血肉之躯耕种和平
立多少石碑，才能标注清楚
化为泥土的生命；倾注多少泪雨
才能洗净山人同色的骨白血红

试想，即使不发一枪一弹
躲在坑道里承受寸土寸铁的轰炸
坚守到最后，也是了不起的英雄
在读秒的死亡中，即便是钢筋铁骨

也会像坚冰融化，开江奔涌
仅仅是三点七平方公里的争夺吗
实是比谁的骨头更硬，谁的血更浓

战争史上，许多场景如过眼云烟
但上甘岭上那场决死拼杀
似一场无法下线的视频，战史留名
那儿有被断骨刺破的时空
有被精神洗净的山峰

手里有一块上甘岭的石头
记不清如何传到了我的手中
我，军人之子，也是军人
时常在睡梦中惊醒，这块石头
提醒我居安思危，思危备战，备战必胜
让我枕戈待旦，待我唤起鸡鸣
看风云变幻，听松吼涛声

上甘岭的石头已有灵气，它
听到枪声就会跃起，听到号令就要冲锋
即使粉碎，也会变成千百颗子弹
撒向星斗满天的夜空

一把穿越尘埃的马刀

上好的利刃需用鲜血喂养
路过的光阴，纵使长满铁锈
仍可见血封喉，刺破阴霾
杨靖宇的马刀，见证了白山黑水的历史
纵使默然不语，仍然风华绝代

尽管铁锈包裹，外观老态，然而
刚劲的刀身锈而不折，折而不烂
如江湖行走的至尊武者
风烛残年，英雄之气仍在

这是勇士应有的风范
国难之殇全无惧色
不就是硬似花岗岩的颅骨吗
砍崩了，再回炉锻造
涅槃重生，不丢当年一身威武

我曾于深秋时节踏访那片树林
在落叶如刀的风中
再次领略白山黑水刺人的秋寒
感受壮士远去的悲凉

我常于战马嘶鸣的梦里醒来
伸手触摸历史的天空
总想化掌为刀，出击捕猎
总想把什么削落为泥
见证我的锋利和剑气

穿越尘埃，我是英雄的马刀
有责任告诉后人我的经历
特别是风雪之夜，刀披月光站立
和顺着刃槽滚落的血滴，此时
我目光冷峻，霜染面颊

英雄用刀挑破夜幕，为的是驱逐黑暗
刀化英雄，英雄是刀，历史忘不了
是谁戳破了血色太阳，谁让东洋刀
退出历史舞台

看着博物馆陈列的马刀
总觉得热血撞击胸膛，心潮似海
靖宇英雄在天之灵可以安息
血犹未冷，剑气仍在，只要祖国需要
闪电出鞘，扫落天地乍起的尘埃

南海诸岛，祖国怀中的砗磲

南海诸岛，祖国怀中的砗磲
置身碧海蓝天，阳光也醉了
眺望千里长沙、万里石塘
每一处岛屿、暗礁、珊瑚、沙滩
无不像砗磲里的珍珠，耀眼惹目
不想重复说了多次的历史
那轮夕起朝落的明月
早在秦汉就笼罩祖辈的渔船

我向彩云之南伸出手臂
海如两扇巨大的贝壳，将我包揽
九段线把一串珍珠穿成项链
挂在母亲美丽、慈祥的胸前

二百一十万平方公里的海上疆域
虽因百年屈辱无人耕种，荒芜
但并不许外人圈地、立户
奇花异草可以观赏，但不可攀枝折木
未经允许，不可不打招呼借光通过
更不可以赖着不走、叠床架屋
九段线，我海上花园的篱笆院墙

不可视而不见，随意进出

南海，我的祖宗海
34‰的盐分是你血液的浓度
也是母亲呵护儿女的温度
偷捕、偷猎、偷渡、偷窥者们
海滩留下你的足迹
不是你占为己有的理由
而是你侵权越界的证据
一切没经历史认证的地理标注
在南海，只是一截路过的漂木

貌似强大的海霸不甘寂寞
自然想从中捞到好处
历史知道，霸权就是海盗
有利则来，无利则走，见利就要
见不得你日益强大、物产丰饶

徜徉在巨大的砗磲中，看乱云飞渡
苏醒的巨人，正式向世界昭告
南海，我的海上花园
我有能力随时扎紧我的篱笆院墙
擅入者，后果自负
任何忍耐都有限度……

除了祖国和人民，
我不会献出膝盖

一部野火焚烧的近代史，钙流失
历史的积液，战争的碰撞
列强的劫杀，卢沟晓月半月板破损
中国版图如韧带严重拉伤，重度撕裂

“9 · 18”奉天街，“12 · 13”南京城
散落了一地无法再植的髌骨
世间医术再高，即便懂子午流注
也无法治愈这双跪得太久的残腿
一句“中国人民站起来了”的宣示
我用弹壳砸成骨钉，用精神穿透血肉
面向东方，坚定地站起

沉睡了百年的泱泱大地
是因大辫子过膝、素布缠足
才使自己腿软，见谁都要奴颜婢膝
坚船利炮的强盗，正是看懂了
其中的秘密

兵败如山倒的南京城纷纷下跪

一任倭寇刺刀在膝盖中穿进穿出
失去了精神之钙的战士，膝盖似朽木
遇风而折，遇水而漂，遇火而成尘土

我曾在雨中漫步南京街头
夫子庙看不见书生夜读
秦淮河里听不到荡起的桨声
鸡鸣寺早已屏蔽了报晓的鸡鸣
明孝陵、中山陵都在愧叹平生
历史悠久有什么用
如果不能在新的大地上迎风站立
再厚重的遗产只能作茧自缚

南京城头的紫血早已风干
大屠杀的刺刀早已生锈
慰安妇也剩得屈指可数
惨痛的历史只在纪念馆里独自夜哭
年轻人无知地穿起日本军服
含冤入土的三十万军民哪
留给这片土地幸福之外，是精神荒芜

而我，除了祖国和人民
不会再为什么下跪了，即便折断双腿
也像胡杨迎风而立，哪怕空荡荡衣裤中
只剩半臂上身，一截傲骨

煮一壶热泪，等你回来

每年都在这天等你，可是
饮尽端午的酒，咽不下汨罗的水
汨罗的水比当年要浅了许多，浑了许多
像诗人迷离的眼
尽管文人墨客都在写你

我曾伫立汨罗江头
任微涌的河水浸湿双脚
想去寻找针刺般的痛感，已是枉然
想激起男儿最后的雄起，得费千般周折
抑或是水薄情，肌无力，人低沉

当年你怀才不遇，抗秦吞并而投江
你与历史同步，却走了逆行
《离骚》流传千古，却成悲剧
大秦帝国威加海内
我却欣赏你宁为玉碎

非得在端午这天纪念你
非得让我吃腻腻甜甜酸酸的粽子
非得让我与你的雕像合影

煮一壶汨罗江的茶吧
尽管历史的水早已干枯
剩下的都是凝重的泪
那就煮一壶热泪，等你回来
或者在汨罗江河床上滚一身泥浆
秦皇有千万兵马地下列阵
我，变成小小的泥人儿
只悄悄地往你身边一站

2020.6.25

吞下一颗子弹

吞下一颗子弹，它在我的脏腑间
游走了三十年，不是来自敌人的枪口
而是来自自己的手指

打靶三十年，没射杀一个真正敌人
只觉得，每发子弹都打在心上
敌人在哪儿，在靶心的后面
其实敌人在自己心里

把曾经的敌人当成假想敌，不行
三十年河东，三十年河西
世界都在化敌为友，铸剑为犁
设想宿敌，有违睦邻友好、一衣带水
把世界当成假想敌，更不行
和平与发展是世界的主题
只把自己当成假想敌，才敢扣动扳机

枪口不能转向同胞，不能与人民为敌
教员曾说：枪口对人是射击禁忌
擦枪走火是枪膛里深藏了敌视的心
“每一颗子弹消灭一个敌人”

敌我阵营始终变换，我的准星
也在斗转星移，打不出的子弹落入腹中
变成增生的骨刺，饮弹也是一种永生

吞下一颗子弹，在这不和平的和平年代
心随时代转动枪口，只待目标出现
“三点一线”，也许子弹在胸中发芽
也许子弹变得更加滚烫
只要祖国和人民需要，我用心跳
击发被鲜血包浆的底火
射向逼我开枪的敌人

2020.7.26

掠过弹孔的风音

建造你的人，已经作古
炸毁你的人，也变成了尘土
当年从桥上走过的人，许多没有回来
三百六十五米断桥上，遍布残星似的弹孔

断桥已断，残缺的桥面上
常看到踏碎晓月的足迹
每逢电闪雷鸣之后，总有疾雨掠过
在断桥上悲鸣

英雄就是英雄，化成遗骸仍是忠骨
红眼睛的弹孔，见证过比盐更咸的眼泪
黑似毒日的硝烟，烘烤过紫褐色的前胸
死而不倒的桥身，托起过千万士兵的赤足

弹片，切断了大桥的经脉
洞穿了鸭绿江的脏腑
铁桥像被挖掉眼珠的参孙
用血染的泪窝，承载着失明的黑夜
鸭绿江水为之年年拍岸夜哭

百年钢铁巨人，近千米的臂膀
未因炸掉六百米身躯而跪下
相反，孑立的桥墩恰似扑不灭的路灯
指引三百六十五个日夜，不忘初心的征程

望着桥上的弹孔出神，透过它
看到历史的天空，风从月晕中
抽出一丝血色，替历史涂抹
渐行渐远、苍白的面孔

父辈曾在轰炸声中走过铁桥
桥上至今附着雄赳赳气昂昂的音符
风萧萧兮一去不返的影像
定格在钢筋铁骨托起的夜空
比江水更迅猛奔涌的鲜血
让此岸的银杏、彼岸的金达莱
血中有泪，泪比血红

当年的上甘岭，地下奔突的是赤色岩浆
被炮火煮熟的焦土，只生长英雄树
不生龟背竹，没有比长津湖更冷的冬天了
冻裂铁甲的寒冬，尘封进历史的冻土
拉锯式的厮杀，切割不下雕塑的头颅

断桥，失去双腿的英雄
至今不肯退场，它警示后人

历史不会从它的遗骸上轻易迈过
十几万血肉之躯，挖不完的青山厚土
断桥痛悔，战火让它折戟沉沙
断了英雄胜利归乡的路

时间容易健忘，总与历史开着玩笑
随意抹去战争转角处的血迹
唯有这残缺不全的钢铁骨架
一直把英雄等候

我问断桥上的弹孔
当年负伤时是否血流如注
是否忍受切肤之痛
对折的“三八线”把战殇重新标注
猛然看见断桥弹孔伸出一束野花
绝处逢生之花不可战胜

让断桥重新回炉吧
用它打造以武止戈的利剑、垦荒的锄头
或让弹孔变成种植和平愿景的树坑
长成“风烟滚滚”后仍站立的苍松
“永不再战”不再是一厢情愿
断桥接续和平永远的坦途

2020.8.1

如果只写一首诗，我把它献给英雄

时间的长河激流奔涌，浪淘尽
千古英雄，听长空雁叫、西风猎猎
苍凉的古战场依旧战旗血红
一句句紫色的诗行，一个个神奇的传说
常与泣血悲壮的英雄连在一起
刺破历史痛点，喷涌的血与我击缶共鸣

然而，最应该记住的是普通士兵
他们低似原上的野草，逝如燃尽的流星
死了，无人能想起他们的名字
活着，与山川泥土河流一样普通

他们本应该活得更久，不应行色匆匆
打江山的英雄本应坐享江山，理应
胸前挂满勋章，受万人崇拜和瞩目
他们更应该有妻室儿女，安度余生
撩起衣袖指点臂膀上穿透骨肉的弹孔
灯下为儿孙讲述弹雨横飞的战场
那个年代民族的浴血抗争
再给自己的父母、亲人和乡亲

展示天伦之乐中晚霞般灿烂的笑容

起码临终要留下名字
让我们知道你来自哪个村庄
家中是否有年迈的父母
或者留下一封信，告诉双亲
儿子今生不能尽孝，来生报答养育之恩
战士应该把生命首先献给祖国
献给多灾多难的土地和军人的使命

可是，他们什么都没有留下
甚至连最后一口呼吸
都被暴风骤雨般的子弹堵住喉咙

从历史走来的历史遗迹
散落各地的英雄墓碑，建筑它的
水泥和沙石，是烈士散落的骨骼和精神
他们用血肉之躯垒起共和国的凯旋门
在冬天之后迎接如期轮回的春风

英雄莫问出处，英雄不问归程
枪林弹雨中倒下，像是折断的麦秆
在炮火中牺牲，来不及吭最后一声
冻成雕像的英雄变成易碎的薄冰
随着春天的到来，提前融入东逝的流水
英雄，就是把生命摔给死亡的时空

国际悲歌歌一曲，狂飙为我从天落
我想让江水回转，时光倒流
凤凰涅槃，春天从石缝中破壁
芳草在先人的碎骨中重生
可是，即便化腐朽为神奇
也更改不了，英雄的命运总是单程
只能长歌当哭，为英雄道一声
一路走好！我用诗歌托起你西行的翅膀
把无字碑用心雨擦洗干净

清明，又到了以泪洗面的季节
如果只写一首诗歌，我要让它
托起夕阳下的炊烟，泪雨中白菊的落英
送给千万个虽死犹在的英雄

2020.10.20

喀喇昆仑，我为你守住春天

是什么阻遏如期而至的春天
春天是阻挡不了的
当我张开双臂拥抱这个季节
总有异域寒风越过地上的实线
跨界吹过，欲眯住春天的眼睛

我试图将春天拉到怀里
士兵要做的就是扎紧围栏，守住春天
不让任何不知深浅的野兽来回乱窜
我向母亲保证，盯住边陲的底线
祖国把国门交给我，我只有守好
任何想挪动它的企图，都是向我挑战

我的界碑，我的山川，我的春天
那是中国的领地，请你往后站站
不能认为有点实力就肆无忌惮
我不是一般战士，身后有十四亿人民
但我是威武文明正义友好之师
不会越过界碑，向谁挑衅

一衣带水，远亲不如近邻，理应和平友善

不视对方为对手才是登高望远
我们友好地相互张望，各自戍边
凡事都有原则，大路朝天各走一边
你不蚕食鲸吞，我不犯规越线
如有人走得太远，会成为三月的残雪
走不到春深就会风干

喀喇昆仑，我的脊背，大美江山
阳光下，我与你一起踏春
如有来者不善，就让他自食其果
我，一名戍边的中国军人
永远把界碑内定格在自己的春天

2021.3.10

半条棉被，铺满整个江山

展柜内铺着封建帝王的被子
金丝银线、绫罗绸缎，但再强的灯光
也难照亮它的暗淡，腐朽不可逆转
不用手戳，已经零落成时间的碎片
什么能敌得过光阴的流转
回头看青天白日遍地红铺盖的棉被
珠光宝气、款质富丽，也免不了霉变
看不出天青在哪儿，日何在中天
而，红军战士留给农户的半条棉被
尽管棉质素花，麻布粗糙，却有紫气溢出
不用光源，自然照亮雄鸡唱晓前的黑暗

长征途中，红军进驻偏僻农庄
三个女战士借宿的农户穷得没有被盖
几人便与农户同盖一床，临行时
战士们将被子一剪两半，一半留给农户
一半继续陪伴红军续写西行漫记
红军战士音信全无，踪影不见

那个年代，生死已是常事
半条棉被，一直盖在身上思亲御寒

解放了，农妇买了新被
但那半条棉被仍舍不得扔掉，她知道
那上面有红军战士和亲人不散的体温
经常把它拿出来晾晒，等待红军
回来，并带回一条新的棉被

难熬的岁月，刀割一样的季节
幸有半条棉被，为农妇遮挡风寒。她知道
红军是帮百姓打天下去了
红军是为天下人都有被盖
才舍去身家性命、披星戴月的

多少年凄风苦雨，多少载北风吹雁
多少次横飞的子弹穿过土墙跌落在被子上
多少次背井离乡、坎坷辗转
半条棉被，一直盖在农妇的心上

半条棉被见证过民族历经的磨难
被子下面覆盖过受苦人聚散离合的悲欢
然而，它支撑着农妇的信念
她也许并不懂得更多的大道理，但她相信
肯把被子剪下送给老百姓的军队
肯定能再给她一条完整的被子，给她
百合花一样夜夜如水的月光

谁说它只是半条棉麻缝补的粗布

谁说它没有绫罗绸缎那么光鲜
谁说它与江山没有因果关系
谁说它只是普通得不能再普通的被子
把被子从百姓身上揭走的人最终无被可盖
与百姓同呼吸、共患难的人，虽仅有半条棉被
却被百姓捧在怀里，最后铺满整个江山

2021.3.31

我从宝塔山上俯瞰黄河

从未在这样的高度凝望一条河
那是风切沟壑、浪逐浊流的黄河
因“锁骨菩萨”和“红毛犍牛”的传说
建起的四十四米高的九层宝塔
屹立在不算巍峨的山顶
却让过往的行云流水顶礼膜拜
落霞为它红了脸颊，延河为它绕道而行
光影下的长风为它擦响塔脊上的风铃
意蕴深邃的塔尖
深深插进云翳包裹的天空
深藏了历史苍茫的过往
夕阳顺塔尖下泻的余晖
让这神奇的土地愈显神奇和庄重

我惊诧当年杜甫躲避战乱从这里经过
“胸中自有数万甲兵”的摩崖石刻
二百六十米的石头历练过刀耕火种
沈括谓之：“坚密如石……利于战守”
没去过岳阳却留下千古名篇的范仲淹
努力把烽火台筑得更高
但他再有文采，面对亘古奔涌的黄河

也写不出与《岳阳楼记》同质的诗赋
历史提示后人
欲写出雄浑诗篇，需有雄浑博大的胸襟
所有穿梭际遇在唐宋元明清之后
汇合一处，顺着山脚下的河道向东疾驰而去

不是范公江郎才尽
面对距此一百二十四公里的“天下第一陵”
面对寓天地大美的“乾坤湾”
面对“三秦锁钥，五路襟喉”的霸气之地
古今多少文人低头掩面而过，不敢造次
生怕文字轻浮，亵渎了灵山圣水的雄浑

毛泽东率领“天降大任于斯”的革命者
以“敢教日月换新天”的气魄
在此虎踞龙盘十三个春秋
三万年“黄龙人”的血脉
在“风流人物”开拓的天地中接续生长
在中华民族的发祥地上
拓展了共产党人的根据地
抗击日寇，灭掉蒋家王朝
借用那口“大吕洪钟”，撞出黄河绝唱
西风烈马，让黄河之水由黄而紫，由紫而红

当年壶口的水温比今天沸热
要不怎是“风在吼，马在叫，黄河在咆哮”

沟壑纵横的黄土梁峁，百川归海的泾水渭河
每一粒跳跃而下的黄沙
无不击打过干渴致死的朽木
哪一捧深如陕甘宁褐色皮肤的河水
没荡涤过疮痍满目的时空

问：世上英雄谁替黎民百姓喊破嗓子
历朝历代有谁把民意举过头顶
1935年10月，到达吴起镇的红军
不仅喊出来，而且做到了
那是一个在安塞烧炭的士兵牺牲后
工农领袖为红色战队定下的基调
口号是“为人民服务”

我由此知道“共产党人的政权为什么能够存在”
它之所以成为革命者的出发地和落脚点
具备“延安思想”的跋涉者
才能夺取最后的江山，有这旷世的巨笔
才能写出比杜甫、范仲淹更精彩的诗篇
延安，怎能不成为心口相传的圣地

当年的先行者
在宝塔山上指点蛇曲而过的黄河
熟稔一生二、二生三、三生万物之道
他们深知载舟覆舟的故事
宝塔山至今怀念那风华绝代的伟人

庆幸沧海桑田之后
土地没有干涸，山川没有崩坍
黄河仍然汹涌澎湃，至今没有断流、停歇

2021.5.28

跋涉，这双野火煅烧的脚板

从南昌城头溢出的星火没有泯灭
与秋收的野火一同烧向同一片山林
井冈山，给了它明烛天烧的理由
它们没有被凄风苦雨压死
一直向四野八荒蔓延

湘江、赤水和雪山草地的几经辗转
没有被激流冲垮、暗礁绊倒、泥沼陷住
没有离线，一直向前奔突
即便被数次“围剿”、万里追杀
石头过火，空气过刀
戳破重围的胫骨仍矗立在硝烟中
在血成泥、泥为血的山岗上望风而笑

战争，就是血肉与利刃互搏的拉锯战
推向我，刀在骨上游走
推回去，鲜血在筋脉上淬火
看谁最终能在锈与骨的磨砺中胜出
用信念做拐的士兵踉跄前行
折断的筋骨用接骨木几经接起
接骨木是被英雄悲鸣唤醒的百姓

并非每根骨头都有自愈的能力
有的插入大地化作春泥
有的点燃自己为后人照亮行程
英雄，可以割肉自啖，可以刮骨疗毒
可以横躺在铁丝网上，任血肉扎入铁钉
为后续的脚板铺路

无论是平型关、忻口、晋冀鲁豫
还是辽沈、平津、淮海、长江、海南岛
不管是上甘岭、砥平里、长津湖
还是唐山、大兴安岭、汶川
直至非典、新冠和当下的世界风云
多少次刀刃相碰、山崩地裂、水浸火烧
双双踏破青山、百折不挠的脚板
不仅把血迹斑斑的“太阳旗”扔回孤岛
还硬是把蒋家王朝赶进海里
跑过敌人的汽车轮子

历史的书写者每到这里都纷纷落泪
因这“置之死地而后生”的精神
因这“天降大任于斯”的担当
因这“救民于水火”的情怀
没有一份执着的初心和梦想
谁能经受刀山火海的煅烧
谁能走完这踏血而行的旅程

“恰同学少年”的一代英雄
“前不见古人，后不见来者”的行者
江西大旅馆溢出的火种
井冈山会师的天火
打造出民族跋涉履历最能远行的足板

当这支精神不死的队伍最终走到天安门
酒泉、西昌等地的焰火相继被点燃
神奇的地平线上东方正红
锤头镰刀红色旗语下的双足
向着太阳，向着敌人的“炮火”
继续踏响风雨兼程的足音

2021.6.27

穿越历史，为“九一八”之夜补上一枪

近现代中国，蹚过太多的泥泞、荆棘和悲怆
我想穿越历史，返回“九一八”之夜
替落难的历史补上一枪

墙上的弹孔已经锈死
几度枯荣的野花模糊了往日时光
我无法还原那个凄冷的秋夜
伤及骨髓的疮疤和伤痛
不忍路过柳条湖、奉天驿和北大营
无法咽下当年白露酿制的老龙口
那浸满鲜血的原浆
不仅仅因为我是军人
即便生为柔弱的女子
也收不住睨过青砖划出的两道血印
拔不出铭刻其中深深的悲伤

东北军的枪栓被拴上了锁链
枪口被自己的血肉堵死
要不怎么听不到本应奋起的枪响
被日军刺死在火炕上的士兵

是上不了刺刀，还是拿不动步枪
《上起刺刀来》的军歌被割破嗓子
任由“太阳旗”杆卡住喉咙
一夜无声，便永远不会嘹亮

“九一八”，黑色的星期五
九十年了，一直翻不过它沉重的一页
我穿越秋夜的灵魂
挂在抚近门的残月上，化掌为枪
向爬上城头的野兽扣动扳机
替屈辱的民族补上历史的一枪
打烂浸染紫血的“太阳旗”
替悲死的冤魂雪耻，让先人入土为安
替东北军打开枪的锁链，上起刺刀
让“九一八”之夜多一阵枪声
让《义勇军进行曲》在沈阳城提前唱响

2021.8.12

我是铜钟的一块碎片

我是铜钟的一块碎片
“九一八”之夜被寒霜敲落
在博物馆里久久凝视修补后的铜钟
总觉得我的那块没有补上
战火硝烟飘散了九十年
那块碎片仍攥在手心里发烫

奉天铜钟，由千万具尸骨铸成
即便不撞，里面也有冤魂悲鸣回荡
不是我的骨头缺铁、缺钙
笼罩在头顶的乌云太过沉重
血腥的“太阳旗”压扁了东北军的刺刀
让历史一直在为那个夜晚蒙羞

我是铜钟的一块碎片
“九一八”之夜把自己敲响
声音虽弱，但与整个铜钟合鸣
便会电闪雷鸣、寰宇滚烫
不能忘记“那个悲惨的夜晚”
没能忘记后来人的历史担当

我知道，愤怒最终会敲碎自己
即便这样，我也要变成千百粒子弹
射掉“九一八”翌日紫色的太阳

2021.8.10

乌鲁木齐，我不止一次走近你

大巴扎屋顶的阳光，把脸颊晒成金黄
额敏塔举起欢迎的手臂，一切
皆因千里跋涉前去看你
乌鲁木齐，我不止一次走近你

越走越近的惊喜，让我的瞳孔闪光
周身笼罩相遇相知的喜悦
我用天山的雪洗脸，只为
更清楚地看到你
吐鲁番哪，允许我在沙石路上走走
双脚承受阳光的滚烫和灼热
因我的心跳，七月再一次提升了温度

乌鲁木齐，我轻轻划过你的皮肤
山这般丰腴，水这般细腻
我曾在天池中站立，面向西王母的瑶池
站立是因我踩着你冬天的雪壁

兄弟姐妹，允许我这样称呼你
我的家人，我的亲情，我的牵念
云飞雁来跌落的一支白羽，让我颤抖

我的肺腑，我的热望，我的希冀
因你的爱而爱，因你的忧伤而忧伤
重叠的血脉将我与你紧紧系在一起
割舍不断的音波向远传递

我的母亲，百年之寿
身心健朗又饱尝忧患
你知道，我们同命运、共呼吸
高悬的月牙挂起衣领
带我做一次全疆域的翱翔，我们
风里雨里，不弃不离

每当忆起今天的月光
我的心底就涌起一朵白云
把你轻轻抚摸，将你双手捧起
生日的红烛，照亮我的行程
我双手合十，衷心祈祷
祝福祖国每一片土地
大美新疆，在你的陪伴下
我去看伊犁的薰衣草，赏和田的玉
与朝霞一道，升起年年相遇的美丽

2021.9.1

二十二颗滚落的头颅（组诗）

——献给东北抗日义勇军纪念馆

一、沉寂的洪钟

看到你，心中回响袁可嘉的诗句
“让我沉默于时空……负驮三千载沉重
听窗外风雨匆匆……我是沉寂的洪钟”

知道你沉寂的缘由
听过太多的超过钟鸣的声音
风雨声，惊雷声，枪炮声，惨叫声
包括声音酿造的昏暗、腥臭和泥泞
你曾猛烈撞击过蘸血低回的污云
最后还是从古城的老槐树上跌落
绳索下，坠如一只失去风之语的风筝

你本应唤起秋意缠绵的黎明
但在那个极易受伤的羊年
只能像被掳去羊毛的绵羊，卷曲地
抱着自己的裙摆呜呜低鸣
更新“黄钟毁弃，瓦釜雷鸣”的语意
漫天秋风包裹子弹在落红中嘶鸣

寻不到钟的身影，此后年轮十四加四
再听不到祥和沉缓的暮鼓晨钟

如今，你仍沉睡在时间的断层中
暗自咀嚼深藏在胸悲愤的风音
我用力拍了一下你的脊背，你压低嗓音
穿越历史的尘埃，向我追诉
当年受过的屈辱与历史的失声

二、福安里的一把椅子

不知为何门洞有把椅子
福安里，百度一下搜出二十多个地址
奉天北市场灰色胡同里的福安里
却有不同凡响的历史躁动

这是一把会发声的椅子
“九一八”翌日，它发出吼声
这是多么敏感的一把椅子
痛则喊，悲则呼，辱则鸣
有的刀枪在手，却在秋霜里低眉折腰
丢了奉天，丢了东北，丢了魂灵

椅子是木质靠椅，并不高大
不是那种富丽堂皇的太师椅，绝非
明清风格的经典家具，但是
它极具燃烧指数，沾火就着

干柴烈火的年代，石化木都能燃烧

椅子不是用来坐的，即便坐
也是坐观乱世，看天下的风云变幻
它熟悉那个风雨如磐的故园
知晓那片昏昏欲坠的皇天
木椅，浑身蓄满了可燃烧的火种
只待明烛纸船的天火将其引燃

秋夜，隔岸的枪声终于响于街口
木椅旋身而起，向火中扑去
烈火中，发出振聋发聩的声响
震裂了沉沉一线的奉天晓月
爆出的火花，最终酿成漫天大火
烧掉了内忧外患的连天衰草
坍塌了前清遗老遗少的断壁残垣
从胡同里烧出去一片阳光

木椅的主人举起星星之火的火炬
聚拢起烧毁旧式宫殿的漫天大火
成了跨世纪的驱魔人，1949年10月1日
它成了新时代的坐天下者
福安里的木椅最终安放在天安门上
今天，我们记得它的名字
当年是：中共满洲省委

三、二十二颗滚落的头颅

题记：1936年，日军在宽甸崔家大院杀害二十二名抗日义勇军战士。

东北抗日义勇军纪念馆陈列了义勇军战士被砍下头颅的照片。

无法直面这幅照片
就像无法“直面惨淡的人生”
命如草芥的年代，二十二颗头颅
比起无数个万人坑，又算得了什么

“红军匪首程司令率羽党三百余人
袭击双山子警察署……经局长率警出剿
当场射杀匪人二十二名，首级之留影……”
原来历史这样清晰，我看到了
那部让鲜血喷溅时出镜的日本相机

砍下志士头颅，为历史不齿
杀戮，并拍下炫耀的相片
来证明“大日本皇军”的威武，日后
为追问战争之责留下无可辩驳的铁证
骄横的侵略者为自己的罪恶之颈勒紧绞索

义勇军战士们双眼紧闭
我看到了他们最后的疼痛，民族之痛

从表情看，我知道何为宁死不屈
看紧锁的双眉，知道何为壮志未酬
没看到他们被砍下头颅的躯干
但知道他们是永远不倒的脊梁

我写过一首《将军，视野之上的头颅》
对擎起民族之宇的英魂，仰望多高
也无法充分表达对英雄的敬意
历史的定位，无与伦比的精神高度
看到落满尘土的头颅
多想变成二十二双捧起头颅的双手
把英灵高举在哭泣的空中
我多灾多难的土地，承载太多的苦难
山河无力撑起遍地滚落的头颅
英雄不死，灵魂永在山之巅、心之上

四、展柜里的绳索

缚体之绳，桎梏之索，缠绕之蛇
缚住雄鸡的绳索躺在尘埃中，透着光阴
缝隙中，我看到千百只惊恐的眼睛

那是漆黑至极的暗夜
无形的绳索早将东北牢牢捆住
东北军的刺刀遇火而弯
更让绳索织满嗜血的芒刺
我想起刀林剑丛，想起荆棘花冠

无数被刺破血脉的双臂被牢牢捆住
历史拖曳浴血的麻绳踽踽前行

读史总让人感叹，热血总使人沸腾
我叩问自己算不得高贵的灵魂
即便我生在那个年代
把我置于血肉横飞的屠城
面对丧失人性、掏心挖肝的恶魔
我又能怎样，英雄可是人人能当？

展柜内两捆由芒刺卷成的绳索
向历史的过往与后来人发问
不貌似义愤填膺，不需要慷慨激昂
请以祖宗的名义，用后代的幸福担保
民族有难，你能否逆流而上

五、《义勇军进行曲》

有两首歌曲，每唱一次都要流泪
一是《国际歌》，一是《义勇军进行曲》
歌曲有如此大的魔力
一是音乐的感染力，一是赤子之情

《义勇军进行曲》充满悲情
是，因“那个悲惨的时候……”
把它定为国歌，直抵国人心灵
每当唱到“中华民族到了最危险的时候”

危机感，英雄感，使命感，责任感
一齐涌上心头，冲击心底红线

沉浸这绝地之吼的歌曲中
回到抵御外侮、生死绝杀的年代
只有置之死地而后生的民族
才能唱出这旷世悲歌
“起来！不愿做奴隶的人们！
把我们的血肉筑成我们新的长城！”

唱吧，风在吼，马在叫，黄河在咆哮
“国际悲歌歌一曲，狂飙为我从天落”
一起唱吧，“中华民族到了最危险的时候”

2021.9.28

第四部分

冬天，我不与人握手的

冰面上的枫叶

脚印，还在恋雪
手里，已是春天的诗句了

整个冬天都在积蓄
那深深的秋
书本中裹挟着印着唇香的枫叶
目光在通红的夜里摇曳

谁说，诗意像一只沙漏
轻轻地书写
谁能看见冰面下
鱼，也收藏着爱情

有意将你带进雪落的寒冬啊
却不能将你葬入春天
这漂移的喘息
布满隐隐作痛的血丝
紫色的眼，土色的经脉
不忍做最后的别离

飞也沉重，落也沉重

风啊，请把我放在冰面上吧
飞不起来的翅膀
只待春暖花开
只待顺流而下

去找寻那棵枫树
去寻找那个秋天
沿着它的春天攀缘
再做一回让万山红透
啼血的盛放

凝　望

为了向你凝望
我可以不要呼吸
心潮起伏，哪怕小小的起伏
都会影响凝望的清晰

我要清晰地凝望
鲜花和美景会干扰视线
影响我的信心和专注
不要迂回，我要精准地直达

凝望，深深地凝望
用尽毕生的能量
你是我的太阳和月亮
心灵的指向是摆不脱的命运
躲不开的磁场

我不知道能否
长时间保持这个姿势
如果不能，就变成石柱
这样可以
永远朝着你的方向
凝望

岸的这边，海的那边

与你隔海相望
海的那边
是否也如我一样滚烫
心海呀，心如煮沸的阳光

雾霾遮断了最后的挥手
应在我的岸上
心岸，交叉行进的梦
相互依偎的海浪

距离，一个指头的距离
跨越它需要千年
千年修行，才换得
轻轻地牵手，短短地回望

你去修行吧。来生
还变成现在的模样

我去煮海，把海煮成盐
使盐凝成泪，让泪堆出心路

我在岸边等你

等你跨海而来的风

把我千年的泪吹干

黯淡的眼神，红红的烛

什么都可以黯淡下去
唯有谁的眼神
是寂寞之夜、永远的烛

谁的眼神，能杀死我
只一次。也只有一次
就使我没有了挣扎
消失在谁的瞳孔里

残冷的风，吹起谁的围巾
那即将飘走的围巾
红红地打在脸上。打在心上
化成红烛的泪

眼神，暗紫的眼神
借命运交错之机杀死我
黯淡一切的黯淡
熄灭燃烧后最后的燃烧

什么都可以黯淡下去

唯有谁的眼神

杀死了我

让我死在黯淡的烛光里

一片落叶般的梦

一片落叶般的梦，在心头
飞来飞去
那沾了青春之吻的落叶呀
让梦，没了重读的可能

谁能料想这梦穿越了千山万水
攫走了我的灵魂
并将它击碎，将它融化
融化后的梦境中
你站在那里

你站在那里
让我的梦，有了
可以触摸的可能
和拥你入怀的感觉
尽管是在空中飘浮着，旋转着

北方的雪，终于
让你落在我的怀里
那打湿了梦的季节呀
挥之不去的痛

将从夜的融化开始

我在第二层梦境中
咀嚼你的梦
声如落叶的呓语
把落叶和梦揉进陀螺
随它进入第三层空间
我和你拥在一起
陀螺在不停地旋转

一片落叶般的梦
在心头飞来飞去
那沾了爱情的落叶呀
让梦有了重读的可能
它包裹了酸甜苦辣，尽管
还有时悲时喜的轻盈和沉重

一片落在睫毛上的雪

云朵飞舞的时候
睫毛，阻断了一片雪花的落地
它没完成阴阳逆转时心灵的穿越

挥起沾满尘埃的衣袖
想留下一点禅意，竟不可能
谁能承受这漫天的雪落
只一片，就压垮我
对深秋的眷恋

划向心海的那条木船
被大雪阻在了江东
船桨上落满了抖不掉的红尘

老槐树下，外婆
眼中的雪花
让家乡的小径变得模糊
树上的黄手帕苍老了等待的岁月
谁能等我千年

天冷了，该回家了

雪花滑下了晶莹闪光的睫毛
化成了一滴遗忘许久的
乡情

红 苹 果

不期而遇的成熟落在面前
凝视它，只需片刻
拾起它却需要一生一世

跌落的，就让它跌落吧
为何还带着金秋的红色
你知道太阳代表燃烧吗
它不仅会烧掉果园
最终，还会烧掉我

我是那么无辜，而幸福
脸上有了太阳的光芒
心，被拴在树上
自由落体需要多少时间
雨中，成熟一跃
坠落，一地细碎的温柔

又见站台

还是那阵秋风
吹起我的长衫，和谁的围巾
红红的，落到我的脸上
还有谁的，离别的泪

一对情侣相拥而泣
我的视界却无由模糊
离弦的光阴离我们忽近忽远
夜，穿越心灵的墙
总在梦断的一端

人生有许多出口
有的通向春天，有的走向昏暗
只是你要选择，只要你愿意

奔波，从襁褓中开始
站在生命的传送带上
一落地，就要奔跑
一生一次的面孔，让我
来不及欣赏自己的容颜

还是那条围巾，红红的
打在我的脸上
不怨那秋风和泪水
我有力量偿还前世欠下的债
和今生未了的情

那盏灯

那盏灯，于心头亮起
引领秋意的行走
抚摸暗紫的河流
心如吮奶的婴孩
痴痴地守候

灯光似乳
滑过缀满音符的指尖
诗意在落叶中微微颤抖
心路也曾燃烧
如今为你，亮如白昼

那盏灯，是你吗
托起了残月的沉重
游走的梦，又在第二层空间
折返缠绕，揭去了夜的黑衣
疑是往日的疮疤
鲜红的，不能做旧

也许，也许只在今夜
那盏灯，不再遮掩
黎明前，最后一次害羞

见面即是别离

指尖从指尖划过
是心与心的距离
距离可以丈量
聚散，却无法丈量

你挥一下衣袖
便是满堂的清香
让我的唇，沾上离别的滋味
香很短暂，苦却很久

见面即是别离
未及做最热的亲吻
和最紧的拥抱，空气也在颤抖

衣袖，沾了你的唇香
不愿在表针内奔走
我问：可否再牵你的手
我要带你远行，没有离别的远行
你说：需要等你多久

泪光滑过泪光

唇，滑过唇
衣袖拂过衣袖
指尖掠过指尖
那是见面与别离最近的距离

距离，占有了身体的一半
残酷地向前延伸
天哪，没有你的陪伴
我怎能走完生命的全程

把眼泪叠起来，给你寄去

把眼泪叠起来，给你寄去
我知道，对岸的土地一定干涸
雨水是接不满一个季节的
眼泪却能

思念，为何总向对岸生长
浸湿了灵魂才能涉过
海水因泪而咸吗
以致冬天不愿结冰

收到我的眼泪吗
这个打折的年代
眼泪流不了多久，就要止住
满是干渴皲裂的爱情

收到我的眼泪吗
阻止不了雾霾的响箭
不能拨云见日，最后
只能弹射回自己的胸口

人说被爱神射中是幸福的

丘比特的箭，毕竟涂抹了甜蜜
那片难以治愈的丹毒，是我的泪
你收到了吗

冬天，我不与人握手的

这股寒冷，不是你带来的
已在我的掌中，只是稍早于
初冬的雪

满怀的温暖，抵不过离别的凄冷
你感觉不到的，因为转身时
你已在飞奔的时间里

桃花缤纷，正是我失恋时节
失魂落魄的窘状，你察觉不到的
春风得意的你，没有在意我
迷离的眼神

我在冬天，是不与人握手的
你知道，尽管已跳出了那忧伤
深的伤疤却不易愈合
你可以说与你无关
毕竟，是自己伤害了自己

我在冬天，是不与人握手的
但你除外，手一旦伸出

缩不回来的，我只能握住那段忧伤

你的手只能用来绣花
包括新婚的窗花
当年我可以做新郎的，只是
你的手散发着别人的温度

我还是伸出了手
你的手颤抖了一下，我的眼泪
从你的眼眶中流出，你只说了声
唉，这个不能握手的冬天……

脱掉浮躁的衣衫

抓起炎热，把它脱掉
我想，裸体一定是美的
几千年的阅读都在窥淫
试图脱掉它，必先戒了羞耻

不是烤炙历史，而是
烤炙灵魂。谁说灵魂二十一克
蒸发掉的羞耻算不算
包裹在衣衫里的“小我”有多重

抓起一股风，把它砸在身体里
想从里面抽出一丝凉爽
我知道，一旦抽出这凉爽
将变成待价而沽的皮囊
被晒干了羞耻的灵魂
经得起任何皮鞭的拷问
无惧地狱、天堂

抓住炎热，把它咽下
不咽又能怎样，风早没了怜惜
真想于这风中痛哭一场

也许唤来雨，也许唤来毁灭
浮躁，在炎热中煎熬、融化
是一件需要脱掉的破烂衣衫

这幅画里的光，朦胧却永恒

你说，光于我意味着什么

它能照见美的乳房
尽管有过去时光的缠绕
我仍然觉得，有一种不可遏制的创造
把生命穿透
我就是由光而来

不必害羞，时代已经不会害羞
可为什么低着高傲的头颅
赤身裸体并非美的极致
是不是其中还有一种自由和解脱
人一旦放纵自己，还有什么畏惧

为你披上袈裟，不是为了别的
深怀着一种虔诚与尊重
当然，还有隐隐作痛的爱
爱，可以不懂，但不能亵渎

光朦胧地打在你的身上，却

照亮我的视野

没有见过美吗，只此一瞬

你便成了我的永恒

红 玛 瑙

质不见底的璞玉，潜伏着炫目的斑斓
吹过的风是神秘的，穿透的
天上的一滴红烛，被岁月深藏

怀疑世俗的一切，不能将你读懂
柔软且坚硬，质朴且大雅
有一条藤蔓直达你的脉搏
送过我蕴藏千年的心跳

我有山的质量和调色的板
却描绘不出你天鹅绒一样的红
红与白，红与蓝，红与黄
我想跳入这秋水一样的池塘

去掉青涩，还原成熟模样
读你早春二月的娇羞，水的光芒
春与冬，春与夏，春与秋
四时之秀让心滚烫

等你画我，出泥不染的六月

我要用你镶嵌我的行囊

从这儿，一个浪漫故事将要出发

走入欲罢不舍的围城

虹

是风雨之后吗，又一次重生
虹，缤纷地穿过肉体
激越的出发与回归，专注，无我
七彩插入梦幻，灵与肉的私语

一片生长的沃土，孕育秋的精华
收获的渴望，对成熟充满希冀

与彩虹一道，浸染了青春
说什么都显无力，我蒸发了自己
当耕种收获爱情，我就是
赤裸的稻田，颗粒归仓的谷穗

此生何求，你与彩虹一道
降临了我的世纪，请不要醒来
就这样，与天地融为一体

裸　背

只一个裸背，便知道了你的美
你的美，是无遮挡的穿透
让华美衣衫显得猥琐
不必回过身来。你回过身来
我怎么办

为谁裸露，不是你的爱人
几代帝王的江山，都是
先裸背，后坍塌
花岗岩也可以风化如沙
美背，只对英雄充满诱惑

意识到你闭月羞花
要不，咋不转过身来
转过身来，即便身着破烂衣衫
也挡不住冲击，因为美，不可遮挡

为你鼓掌、喝彩
还是那句话：不用转过身来
你在想什么，我已酒后深醉
谁说英雄多情，世界需要
有质地的袒露，大而宽容的静美

玫瑰花刺

尖叫，刺进肉体的尖叫
一株带刺的玫瑰刺向心脏
血是经过一个春天、夏天和秋天
才开始蠕动、流淌的

你的青春牵绊了我
西行的脚步，让我就此停下来
审视你，审视我，审视这花开的理由
扎了刺的玫瑰，十指连心地痛

没有四季的花开，没有花开的四季
就那么痛地刺着时间，因为爱情
你把我的尖叫声带得很远
至今，听到尖叫声，我还频频回头

请把玫瑰花从手上拿开
继续前行，血没有止住
阻挡了行程，抽空了思想
你不该开在这个流血的季节

玫瑰花，开放在哪个春天

把手放在你的床头，你说
惊醒了你的闹钟，荒芜了时间
把手放在你的额上，你说
我感冒了，不是因你而滚烫
把手放在你的膝盖，你说
我累了，恐怕不能陪你走完全程
把手放在你的胸口，你说
请把手拿开，不用再为我取暖
我的心已属于另一处港湾

我的手不知所措
索性把它含在嘴里，鲜血
顺着玫瑰滴落，花儿羞愧地死去
我收不拢这纷飞的花瓣，不知
它应该开放在哪个春天

随你起飞的晚霞

你的飞机起飞了
我的车也起动了
你的飞机带走了我的心
我的车里只剩下空空的躯壳

你的飞机起飞了
我的车开不动了
你的飞机带走了我的方向
失去了方向的汽车
只能在原地痛苦地打转

你的飞机起飞了
我的汽车陷入了泥沼
难以干涸的湿地呀
多少纸巾才能填满它的泪窝

你的飞机起飞了
我的车也随你起飞
即使追不上你缀满阳光的翅膀
也要化成尾随你的晚霞
随你一同飘在天上……

后记：诗歌的成长就是感悟生活的跃升

按着自己前几年作品的出版速度，这本诗集的出版间隔稍长了一些。除了2000年的《梦在深秋》（白山出版社）、2005年的《蓝桥月光》（春风文艺出版社）和2009年的《红雨巷》（吉林人民出版社），这三本书的出版间隔是五年左右以外，从2011年出版《秋月红谷》（白山出版社）开始，2012年出版《丁香山谷》（春风文艺出版社），2013年出版《浴血山河》（作家出版社），2014年出版《血之刃》（白山出版社）和《北纬40度》（吉林人民出版社），2016年出版《再生之门》（辽宁人民出版社），2017年出版《东风烈》（北京时代华文书局），在出版进度上几乎每年一本。我想，今年该出一本书了，还有一本也在计划中，算是弥补这两年的欠账了。

《掠过弹孔的风音》选诗163首。这些诗歌是我在2016年7月至2021年10月之间创作的，时间跨度5年。诗集按内容分了四个部分：第一部分“蓬莱阁，真是这样静静的吗”51首；第二部分“春天到了，不要再谈死亡”52首；第三部分“掠过弹孔的风音”40首；第四部分（补遗）“冬天，我不与人握手的”20首。从题材上看，第一部分是“旅行中的思考”；第二部分是“生与死的感悟”；第三部分是“军人的牺牲奉献”；第四部分（补遗）是“生活的历程”，这部分20首诗是我先前出版时遗漏的，这次找出来补上。

面对即将出版的第11本诗集，回头看自己走过的诗歌创作道路，我的诗歌创作，总的是在经历“三级跳”：

第一次跳跃，从时间上看，是在2012年上鲁院高研班学习之前；从诗集上看，包括《梦在深秋》《蓝桥月光》《红雨巷》《丁香山谷》和《秋月红谷》5本书。这个阶段，我的创作属于诗歌爱好者的初级阶段。虽然自己写诗从上小学时就开始了，但真正进入诗歌创作，还是20世纪80年代当兵之后，起始作品是《梦在深秋》。现在看，这本书在技巧上很幼稚，因是处女作，对我此后的创作起了奠基和鼓舞的作用。记得当时我手捧书稿到胡世宗老师家里请教时，内心忐忑像学生期末考试一样，而胡世宗老师恰恰以善待和扶持业余作者闻名，让我渐渐放松身心，顺利通过诗歌创作出版的第一关。之后出版《蓝桥月光》，正值青春年少，诗情正浓，在李松涛老师和鲍尔吉·原野兄长的帮助下出版了第二本诗集。《红雨巷》则是在长春工作时，得到当时《诗选刊》张洪波兄长的帮助，他对诗集给予了极认真的设计和指导。我那时的诗歌诗情有余，力道不够，追求唯美、合辙押韵，诗句短小、青春直白，特别是书写爱情的篇章，被朋友们戏称为“风花雪月”，但也正是这几本书的出版，让我得以遇见文学上几位可以终生学习和感恩的良师益友。

第二次跳跃，是2013年从鲁院毕业至今。作品是《浴血山河》《血之刃》《北纬40度》《再生之门》《东风烈》，以及当下即将出版的这本《掠过弹孔的风音》，还有列入出版计划但尚未最后落实的《二月里最后的棉絮》。这个阶段的诗歌创作，明显不同以往了，熟悉和关注我诗歌创作的朋友说，杨卫东（东来）的变化太大了，不仅颠覆了原来的诗风，而且进入专业写作轨道。大家说，是鲁院的学习深造让我有了一次突飞猛进的裂变。对于这种说法，我是认同的，我欢悦于这种变化，知道我的变化是从鲁院开始的。鲁院原常务副院长李一鸣说，东来这几年的变化是井喷式的。这种井喷于2014年达到一个峰值。这期间，描写抗战全过程的“史诗”《浴血山河》，已经得到社会与诗歌界的高度认可。中国作协主席铁凝专门打来电话鼓励和肯定我，她的鼓励是我的诗歌走到今天的强大动因，还会一直鼓励我走下去。当年鲁迅文学奖的评选，事后有鲁奖评委跟我说，我的《浴血山河》从292部作品中经过几轮筛选，已经进入前40名。对此我知足了，这于我已经十分难得了。在这个创作周期，自己最喜爱的作品还是《北纬40度》。在鲁迅文学院召开的研讨会上，这部让北京诗人、评论家与中国作协领导吃惊和兴奋的作品，基本代表了我这个时期创作的最高水准。当然，对于诗歌来说，质量与水准是作品的生命，但是想让作品成功，没有宣传与包装也是走不远的，这是现实。我没这个精力和时间，这倒不是说我早就看淡功名，只是懒于这样做罢了，功名心是近两年逐渐淡下来的。当年在《北纬40度》研讨会举办的前一天，中国作协副主席廖奔的腰扭了，但当他读到我这本诗集时，坚持带伤参会，他说：“看到东来写出这样的诗歌，我必须来。”我相信这位素未谋面的作协领导的人格与艺术品位，他的到场对我更是莫大的鼓励。

第三次跳跃，恕我先自我搞了预测。我认为自2018年底从国防大学军事文化学院（原解放军艺术学院）艺术硕士研究生毕业后，经过两年的积累与探索，我初步具备了第三次起跳的能力。这期间创作的作品有少部分已经收入这本诗集，但像《我以我的名字解读你的名字》这首为“三线建设”创作的七百行长诗，因为篇幅问题，没有收入这本诗集。下一步自己还有更高的想法，挑战一下自己。评论家李黎在《文艺报》上发表对我的诗歌评论时说："诗歌就是从庸常的生活中向上一跃。"我坚信，我将完成我诗歌创作的第三次跳跃。不是说"人一定要有梦想，万一实现了呢"，对这种说法，我十分赞成。我的人生就是在努力实现一个个梦想中走过来的。前几天，中国作协书记处书记邱华栋在微信朋友圈评论，当我说到"昌耀是中国当代真正的诗人"时，他说："你也是当代杰出诗人！回京拜读诗集感觉特别好。"这是他来沈阳看了我的诗集《东风烈》和《北纬40度》之后给我的回复，又是一次激励与鼓舞。想人生，不就是在一个个鼓励和社会承认的推动下，向前跳跃的吗？我说"诗歌的成长就是感悟生活的跃升"，正是代表了我对诗歌前行的理解与自勉。

2021年10月27日于沈阳